닥터 메리골드의 처방전

닥터 메리골드의 처방전

초판 1쇄 인쇄 2025년 01월 06일
초판 1쇄 발행 2025년 01월 15일

지은이   찰스 디킨스 외
옮긴이   이주현
펴낸이   권기남
펴낸곳   B612북스

주　소   경기 양주시 백석읍 양주산성로 838-71, 107-602
전화번호 031) 879-7831 팩스 031) 879-7832

이메일   b612book@naver.com
홈페이지 blog.naver.com/b612books
출판등록 2012년 3월 30일(제2012-000069호)

ISBN 978-89-98427-55-9(03840)

닥터 메리골드의 처방전

찰스 디킨스 외 저 | **이주현 옮김**

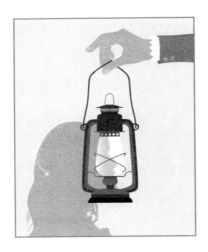

B612 북스

역자소개

/

이주현

한국외국어대학교 통번역대학원에서 번역학 석사 학위를 받았으며 현재 전문 번역가로 활동 중이다. 주요 역서로는『부는 어디에서 오는가 : 100년 동안 단 1%만이 알았던 부와 성공의 비밀』,『덜 소유하고 더 사랑하라』,『뇌 속 코끼리 : 우리가 스스로를 속이는 이유』,『개 키우기 껌이에요(출간예정)』등이 있다.

차례

I. 지금 당장 복용할 것

나는 이곳저곳을 떠돌아다니며 물건을 파는 잡상인이다. 그리고 나의 아버지는 월럼 메리골드다. 아버지가 살아 있는 동안 몇몇은 아버지를 월리엄이라고 불렀지만, 그때마다 아버지는 줄곧 "아닐세, 내 이름은 월럼이네"라고 말했다. 나는 아버지의 이름을 둘러싼 논쟁을 이렇게 생각해 본다. 자유 국가에서 자기 이름조차 마음대로 정할 권한이 없다면 자유를 억압받는 노예 국가에서는 얼마나 더 심할까? 이 사안을 아버지의 출생증명서를 통해 바라보면 월럼 메리골드는 출생증명서가 생겨나기 훨씬 전에 이 세상에 태어났고, 이 세상을 떠나기도 했다. 아버지가 살아 있는 동안 출생증명서가 있었다 해도 그에게는 그다지 유용하지 않았으리라.

나는 퀸스(Queen's) 공공도로 위에서 태어났다. 내가 태어날 당시에는 도로의 이름이 퀸스가 아닌 킹스(King's)였지만 말이다. 내가 막 태어나려던 즈음에 아버지가 직접 의사를 데려왔다. 아버지가 데려온 의사는 무척 친절한 신사였기에 출산을 도운 대가로 그가 받은 것은 돈이 아니라 차 쟁반이었다. 감사한 마음과 그에 대한 경의의 표시로 내 이름은 닥터가 되었다. 그렇게 나, 닥터 메리골드가 태어났다.

어느덧 나는 체격이 꽤 큰 중년 남성이 되었다. 코르덴 바지에 스타킹을 신고 긴 소매가 달린 조끼를 입고 다니는데, 조끼에 달린 줄이 항상 끊어진다. 아무리 수선해도 매번 그렇다. 극장에 가면 바이올린 연주자 중 한 명이 꼭 악기를 조율하다가 줄을 끊어먹는 일을 목격하곤 한다. 바이올린이 자신에게 비밀이라도 속삭이는 듯 바이올린 가까이 귀를 기울이다가 줄이 툭 끊어져 버린다. 내 조끼는 그 바이올린과 무척 닮았다.

나는 흰색 모자를 유달리 좋아한다. 그리고 목에 숄을 느슨하게 걸치는 것을 좋아한다. 앉아 있는 것을 가장 좋아하며 보석 중에서는 자개단추가 내 취향이다. 자, 나는 이런 사람이다.

나를 이 세상에 꺼내준 의사에게 차 쟁반을 주었다는 말에
우리 아버지도 나와 같은 잡상인이라고 생각할지 모른다. 그
렇다. 아버지도 물건을 팔았다. 아버지는 의사에게 무척이나
아름다운 차 쟁반을 주었다. 몸집이 큰 여인이 구불구불한
언덕의 자갈길을 걸어 작은 교회로 향하고 백조 두 마리가
여인의 뒤를 따르는 그림이 그려진 차 쟁반이었다. 여기에서
여인의 몸집이 크다는 말은 옆으로 크다는 뜻이 아니다. 내
기준에서 그녀는 옆으로는 크지 않았지만, 위로, 그리고 호
리호리함으로는 내 기준을 훨씬 뛰어넘었다.

(물론 꽥꽥 괴성을 지르기도 했을 테지만) 천진난만한 미
소를 지으며 태어난 후에도 나는 그 쟁반을 종종 보았다. 의
사가 진료실 안 탁자 위 벽에 비스듬히 세워두었기 때문이
다. 아버지와 어머니가 그 의사가 사는 지역에 머물 때면 나
는 진료실 문틈으로 고개를 빼꼼 내밀었다(어머니 말로는 어
릴 적 나는 곱슬머리였다. 지금은 빗자루 솔이 내 머리카락
인지 아닌지 구분하기 어려울 정도지만 말이다). 의사는 항
상 나를 반갑게 맞아주었다. "형제 의사여! 얼른 들어오시게.
이 꼬마 의사님, 나에게 6펜스를 나누어줄 수 있나?"

모두 언젠가는 시들기 마련이다. 아버지도, 어머니도 예외
는 아니었다. 정해진 시기에 한 번에 푹 시들지는 않더라도
조금씩 시든다. 가장 먼저 시드는 것은 바로 정신이다. 아버
지가 서서히 시들었고, 어머니도 그 뒤를 따랐다. 가족 외에
다른 이들에게 해를 끼치지는 않았다. 물건 파는 일을 그만
둔 후에도 노부부는 오직 물건 파는 일에만 몰두했다. 문제
는 자신들의 물건을 팔아버린다는 점이었다. 저녁 식사를 하
려고 식탁 위에 식탁보를 깔면 아버지는 어김없이 그릇들을
꺼내 흔들어 대기 시작했다. 우리가 길거리에서 그릇을 팔
때 하는 행동이다. 다만, 능숙하게 흔들어대던 감을 잃어버
린 나머지 매번 그릇을 떨어뜨려 깨고 말았다. 아버지가 물
건을 팔면 수레에 앉아 노신사에게 물건을 하나씩 건네주던
어머니는 이제 아버지에게 자기 물건을 그렇게 하나씩 건네
주었다. 해가 뜰 때부터 질 때까지 그들은 그렇게 상상 속에
서 물건을 팔았다. 그러다가 끝내는 이런 일이 일어났다. 침
대에 몸져누워 이틀 밤낮으로 말 한마디 없던 아버지가 갑자
기 예전으로 돌아간 듯 커다란 목소리로 술술 읊어댔다. "어
서 이리 오시게, 나의 반가운 친구들이여. 어느 마을에서 '재
단사와 가위'라는 간판을 달고 나이팅게일 클럽이 열렸네. 그

클럽의 가수들은 누가 봐도 출중한 실력을 갖춘 것으로 보였지만, 취향이나 목소리나 듣는 능력은 부족했지. 자, 이건 너무 오래되어 다 낡아빠진 잡상인 인형인데, 이는 죄다 빠졌고, 뼈는 마디마디가 시리다네. 우리네 인생과도 닮아서 더 낫다고도, 더 형편없다고도, 더 낡아빠졌다고도 할 수 없지. 자, 이제 가격을 부르게. 이 잡상인 인형으로 말하면 세탁부가 사용하는 구리 냄비의 뚜껑이 저 하늘에 뜨는 달보다 더 높이 날아갈 정도로 여성들과 어울리며 화약차를 많이 마셨지. 말도 안 되게 잘 놀지만, 이 잡상인은 구빈세를 한 푼도 내지 않네. 자, 용감한 용사들이여, 그리고 나약한 자들이여, 얼마를 부를 텐가? 2실링, 1실링, 10펜스, 8펜스, 6펜스, 4펜스, 2펜스? 2펜스라고 한 자가 누군가? 허수아비 모자를 쓴 당신이요? 거, 부끄러운 줄 아시오. 어찌 그리 깍쟁이처럼 행동하시오? 그렇다면 이렇게 해보지. 잡상인 노인네와 결혼한 할머니 인형도 하나 넣어 주리다. 그 둘은 어찌나 오래전에 결혼했는지 내 모든 것을 걸고 맹세하건대 노아의 방주에서 결혼식이 열렸는데, 그때 유니콘 한 마리가 나팔을 불어 결혼에 이의를 제기하지 못하게 했지. 이제 어쩔 텐가? 그렇다면 또 이렇게 하면 어떨까. 머뭇거려도 탓하지는 않네. 누구든 이 마을을 대표해 가격을 불러준다면 침대 데우는 다리미 하나를 공짜로 주고 기다란 포크를 평생 빌려주지. 정말 좋은 제안 같은데, 어떤가? 2파운드라고 해보게. 30실링, 1파운드, 10실링, 5실링, 아니면 2실링 6펜스라고 해봐. 2실링 6펜스도 안 부른단 말인가? 거기 2실링 3펜스라고 했나? 말도 안 되는 소리. 잘생겼으면 줄 생각은 있네. 이봐! 마누라! 인형 두 개를 수레에 실어 말에게 끌고 가라고 해요. 그리고 모조리 땅에 묻어버려!" 나의 아버지 윌럼 메리골드가 세상을 떠나기 전 마지막으로 남긴 말이었다. 그렇게 아버지와 어머니는 한날한시에 마지막 말을 남겼고, 나는 상주가 되었다.

아버지는 탁월한 잡상인이었다. 그의 마지막 모습이 바로 그 증거다. 하지만 나는 그를 능가한다. 그냥 하는 말이 아니다. 모든 면에서 비교해 보아도 객관적으로 누구나 인정할 수밖에 없는 사실이다. 나는 부단히 노력했다. 정치인, 연사, 목사, 변호사는 물론 대중을 상대로 말로 먹고사는 여느 직업과 비교해도 손색이 없다. 말을 잘하는 사람을 보고 그들의 상상력을 배웠고, 말을 잘 못하는 사람에게서는 아무것도 취하지 않았다. 한마디 하면. 무덤에 들어가는 순간까지 나는 이렇게 말할 것이다. 영국 본토에서 가장 부당한 대우를 받는 직업이 있다면 그건 바로 잡상인이라고 말이다. 잡상인을 왜 직업으로 쳐주지 않는가? 왜 잡상인은 직업인으로 특권을 누리지 못하는가? 잡상인이 물건을 파는 데 허가증이 왜 필요한가? 우리와 별반 다를 바 없는 정치인은 허가증이 없어도 되는데 말이다. 정치인과 잡상인이 뭐가 그리 다른가? 우리는 길바닥에서 일하고 그들은 건물 안에서 일할 뿐이다. 사실 잡상인이 정치인보다 못 한 것도 없지 않은가?

자, 선거철이라고 해보자. 토요일 밤, 나는 시장에 수레를 세우고 발판 위에 서서 온갖 잡동사니를 꺼내 놓는다. 그러고는 이렇게 외친다. "자유의 몸이자 독립적인 나의 유권자들이여, 당신들이 태어나기 전이나 태어난 이래 지금까지 한 번도 가져보지 못한 기회를 주려 합니다. 이제부터 당신들에게 물건을 보여주지요. 이건 보호자 위원회[1]에 속한 사람들만큼이나 깔끔하게 면도가 가능한 면도기입니다. 이건 무게를 금으로 환산하는 다리미입니다. 또 이건 소고기 스테이크의 육즙이 이미 칠해져 있어서 빵을 굽기만 해도 고기를 먹

---

1   영국의 구빈법을 관리하고 시행하던 기관.

는 재미를 누릴 수 있는 프라이팬이고요. 지금 보는 것은 튼튼한 순은 케이스에 담긴 진짜 크로노미터 시계입니다. 사교 모임을 마치고 집에 늦게 들어오는 날 이 시계로 문을 두드리면 아내와 다른 가족들을 모두 깨울 수 있습니다. 우편 배달부라면 문고리로도 활용이 가능하고요. 아기가 짜증을 부릴 때 심벌즈로 사용할 접시도 여섯 장 있습니다. 잠깐만요! 하나 더 얹어주지요. 바로 밀방망이 되겠습니다. 입안에 넣을 수만 있다면 아기가 이앓이를 할 때 치발기로 유용하게 쓸 겁니다. 이가 두 배는 빨리 나오고, 간지럽히는 것과 같은 웃음을 터뜨리게 합니다. 또 멈춰 보세요! 생긴 게 마음에 들지 않으니, 하나 더 주겠습니다. 내가 손해를 보지 않는 한 내게서 뭔가 살 듯 생기지 않았군요. 오늘 밤 돈을 아예 벌지 못하는 것보다는 손해 보는 편이 나니, 가격을 부르지 않는 당신 모습이 얼마나 못났는지 직접 보라고 거울을 하나 주지요. 자 이제 불러보세요! 1파운드? 아니 당신 말고. 10실링이라고요? 당신도 빠지세요. 할부 판매인[2]에게 갚아야 할 돈이 더 많은 듯하니. 자 그렇다면 이렇게 하지요. 모조리 다 수레

---

2   막대기나 신표에 거래 내용을 새겨 할부로 물건을 판매하는 사람.

발판에 올려두겠습니다. 보세요! 면도기, 시계, 접시, 밀방망이를 모조리 4실링에 가져가세요. 거기에다 수고의 의미로 6펜스 더 얹어주지요!" 나는 이런 식이다. 월요일 아침이면 같은 시장에 마차를 몰고 정치인이 등장한다. 그가 뭐라고 말하는지 아는가? "자유의 몸이자 독립적인 나의 유권자들이여, 당신들이 태어나기 전이나 태어난 후 지금까지 한 번도 가져보지 못한 기회를 주려 합니다. 바로 나를 의회로 보낼 기회 말입니다. 여러분을 위해 내가 무슨 일을 할지 말해주겠습니다. 이 지구상의 문명화된 땅과 그렇지 않은 땅보다 훨씬 대단한 이 마을을 위해 내가 할 일 말입니다. 이 마을에는 철도가 들어설 예정입니다. 옆 마을에서는 일어나지 않을 일이지요. 이 마을의 아들들은 우체국에 취업하고, 브리타니아의 미소가 이 마을을 비추고, 유럽의 눈이 이 마을을 향할 테지요. 모두가 번성하는 곳, 먹을 것이 풍성하고, 황금빛 옥수수밭이 끝없이 펼쳐지고, 가정에는 웃음이 끊이지 않고, 내면의 만족감으로 박수갈채가 터져 나오는 곳, 바로 이곳입니다. 내가 그렇게 만들지요. 이런 나를 받아주겠습니까? 그러지 못한다고요? 그러면 이렇게 하지요. 들어보세요. 원하는 것은 무엇이든 들어주겠습니다. 자! 교회세, 맥아세 추징을 금지하거나 맥아세 완전 폐지, 모두에게 최고 수준의 교육을 시행하거나 아예 모두가 완전히 무지하게 만들겠습니다. 군대 내 폭행을 완전 금지하거나 모든 일병을 대상으로 한 달에 딱 한 번만 폭행 허용, 남성의 부정 또는 여성의 권리. 원하는 것이 있으면 말만 하세요. 받아들이든, 그렇지 않든 그건 그대들의 선택입니다. 나는 전적으로 그대들 편입니다. 내가 지금까지 한 말은 모두 그대들을 위한 것이니. 아직 성에 안 찬단 말입니까? 그렇다면 이렇게 하지요. 나는 진정 자유롭고 독립적인 유권자인 그대들이 무척 자랑스럽습니다. 진정으로 고귀하고 현명한 유권자입니다. 그리고 그런 그대들을 대표하는 영광과 존귀를 누리고 싶습니다. 그렇게 할 수 있다면 마음의 날개가 나를 가장 높은 저곳으로 데려다 줄 듯합니다. 진짜 그렇게 된다면 이 대단한 마을에 술집을 여러 개 거저 지어주겠습니다. 이 정도면 만족합니까? 아직도 만족하지 못한다고요? 그렇다면 그냥 마차를 타고 내가 찾을 수 있는 또 다른 대단한 마을로 가기를 제안합니다. 그러니 조건을 받아들이세요. 그러면 이 마을 사람들이 주워 갈 수 있도록 길거리에 2천 파운드를 떨어뜨리지요. 이것도 충분하지 않다고요? 이것 보세요. 내가 할 수 있는 최선입니다. 2천5백 파운드로 하지요. 여전히 아니라고요? 이보세요. 마차에 말을 연결하게! 아니 잠깐, 그래도 사소한 일로 등을 돌리고 싶지는 않군요. 2천7백5십 파운드는 어떻습니까? 조건을 받아들이기만 하면 마차 발판에 2천7백5십 파운드를 올려놓고 마차를 몰겠습니다. 그러면 떨어지는 돈을 줍기만 하면 됩니다. 어떻습니까? 솔깃하지 않나요? 이보다 좋은 제안이 어디 있습니까? 받아들인다고요? 만세! 해결되었습니다!"

정치인이라는 저 작자들은 사람들을 구슬리고 속이지만, 우리는 그렇지 않다. 우리는 얼굴을 보고 대놓고 진실을 이야기한다. 비록 그 진실이 뼈아프고 불편하게 느껴질지라도 말이다. 하지만 제안을 부풀리는 대담함에서는 정치인들이 우리보다 훨씬 낫다. 우리는 수레에서 꺼낼 수 있는 물건 중 안경을 제외하고 그 어떤 물건보다 총에 관해서만은 한없이 떠들어댈 수 있다. 총에 관해서는 장장 15분을 쉬지 않고 말할 수 있다. 내가 총으로 어떤 일을 할 수 있고, 총으로 인해 세상이 어떻게 바뀌었는지 이야기하더라도 정치인만큼 자기 총을 칭송하거나 찬양하지는 않는다. 자기가 대단한 총을 가지고 있으니 그렇게 말할 수밖에. 게다가 나는 내가 원해서

스스로 장사한다. 그들처럼 누군가의 지시를 받고 시장에 나가지는 않는다. 더 나아가 내가 파는 총은 내가 아무리 칭찬해도 내 말을 알아듣지 못한다. 반면 정치인들의 총은 그들이 하는 말을 알아듣는다. 정치인이나 그들의 총이나 여러모로 거북하고 수치스럽게 행동한다. 이런 이유로 나는 잡상인이라는 직업이 부당한 대우를 받는다고 생각한다. 그리고 지금까지 언급한 정치인들이 잡상인을 깔보듯이 행동할 때 화가 일어난다.

나는 수레 발판에서 아내와 결혼을 약속했다. 정말이다. 아내는 서퍽[3]출신이고, 우리가 결혼을 약속한 곳은 잡곡상가게 맞은편 입스위치 시장이다. 어느 토요일, 그녀가 처음 내 눈에 들어왔다. 그녀에게 마음이 갔고, 나는 나 자신에게 이렇게 말했다. "이미 누군가가 차지하지 않았으면 내가 차지할 거야." 돌아오는 토요일에 같은 장소에 수레를 세웠다. 의기양양하게 수레 앞에 모인 사람들을 꽤 오랜 시간 웃겼고, 재빠르게 물건을 팔았다. 그러다가 조끼 주머니에서 얇은 포장지에 싸인 작은 물건을 하나 꺼내 그녀가 있는 창

---

3   영국 잉글랜드 남동부에 위치한 카운티.

문에서 보이도록 하고 이렇게 말했다. "꽃처럼 피어나는 젊은 영국 처녀들이여, 오늘 저녁에 선보일 마지막 물건입니다. 아름다움이 넘쳐나는 사랑스러운 서퍽 여인들한테만 주는 물건이지요. 천 파운드를 불러도 남성이라면 살 수 없습니다. 과연 무엇일까요? 말하지요. 아주 귀한 금으로 만들었습니다. 부러지지는 않았지만, 중간에 구멍이 하나 있습니다. 그 어떤 족쇄보다 강력합니다. 내 열 손가락 중 어떤 손가락보다 둘레가 작지만 말입니다. 부모님이 남겨준 유산이 있는데, 침대 시트 열두 개, 수건 열두 장, 식탁보 열두 장, 칼 열두 자루, 포크 열두 개, 테이블스푼 열두 개, 티스푼 열두 개입니다. 하지만 내 손가락은 그보다 두 개가 모자랍니다. 절대 열두 개가 될 수 없어요. 또 뭐가 있을까요? 말하지요. 금색 고리인데, 머리를 말 때 사용하는 은색 종이에 싸여 있습니다. 바로 런던 스레드니들가[4]에 사는 아름다운 노부인의 빛나는 머리카락에서 가져온 종이 말입니다. 진짜 그 종이를 보여줄 자신이 없으면 이렇게 말하지도 않지요. 또 뭐가 있을까요? 사람을 잡는 덫이자 수갑이고, 교구에서 죄인

---

4 런던의 은행가.

의 발을 묶어두기 위해 사용하는 차꼬이자 다리를 묶는 잠금 장치입니다. 모두 금으로 만든 일체형 장치지요. 자, 또 뭐라고 말할 수 있을까요? 결혼반지입니다. 이제 이걸로 뭘 할지 말하지요. 나는 이걸 돈을 받고 팔지는 않을 겁니다. 내 앞에 있는 아름다운 여성 중 웃음을 터뜨리는 여인에게 줄 생각입니다. 내일 아침 정확히 9시 30분에 종이 울리면 그녀의 집을 방문할 겁니다. 그리고 결혼을 알리기 위해 그녀와 함께 산책에 나설 겁니다." 그녀는 웃었고, 반지를 손에 받았다. 다음 날 아침에 만난 그녀가 말했다. "세상에, 당신일 리 없어요. 진심은 아니죠?" 나는 이렇게 대답했다. "내가 맞습니다. 영원히 당신 것이고 진심입니다." 그렇게 우리는 우리의 결혼을 세 번 공표하고 결혼식을 올렸다. 공교롭게도 행상인다운 결혼 방식이었다. 알게 모르게 행상인의 관습이 사회에 얼마나 깊숙이 퍼졌는지 보여주는 일이기도 했다.

그녀는 아내로서 나쁜 사람은 아니지만, 성질이 고약했다. 그녀가 자신을 희생해서라도 그 성질을 버렸다면 그녀와 잉글랜드의 다른 여자를 맞바꾸는 일은 없었으리라. 그렇다고 해서 내가 정말 그녀를 두고 다른 여자를 만난 것은 아니다. 그녀가 눈 감는 날까지 무려 13년간 우리는 함께 살았으니까. 신사·숙녀 여러분, 아마 내 말을 믿지도 않겠지만, 비밀을 하나 알려줄까 합니다. 고약한 성질을 가진 사람과 궁전에서 산다고 해도 가장 못난 사람에게는 할 짓이 못 된다. 그렇다면 수레 안에서 살면 어떨까? 가장 착한 사람도 버티기 어렵다. 알다시피 수레 안에서는 거의 붙어 있을 수밖에 없다. 대여섯 쌍의 계단이 있는 숫돌 위에 지어진 근사한 집에서 다정하게 지내는 부부 천 쌍 가운데서도 수레에서 살라고 하면 이혼 법정으로 향할 사람들이 수두룩하다. 수레에서의 삶이 그토록 괴로웠던 이유가 폭행 때문이었는지는 나도 알 수 없다. 하지만 그런 일이 발생하면 마음에 확실히 새겨진다. 수레 안에서의 폭력은 심히 폭력적이고, 수레 안에서의 분노는 심히 가학적이다.

우리는 함께 행복하게 살았을지도 모른다. 넓은 수레 밖에 커다란 물건들을 매달아 놓고, 수레로 길거리를 돌아다닐 때는 수레 밑에 침대를 걸어두고, 날씨가 추워지면 철제 냄비, 주전자, 벽난로를 들이고, 연기를 밖으로 내보내도록 굴뚝을 만들고, 벽걸이 선반과 찬장을 달고, 개와 말을 키웠다면 말이다. 더 바랄 게 뭐가 있는가? 푸릇푸릇한 잔디밭을 거닐며 노쇠한 말을 끌어다가 풀을 뜯어 먹게 하고, 이전에 그곳을 다녀간 누군가가 남겨둔 재로 새로운 불을 피우고, 스튜를 끓여 먹었으면 프랑스 황제를 아버지라고 부르지 않았으리라. 하지만 수레 안에서 성질 고약한 사람이 쏟아내는 독기 가득한 말과 나를 향해 날아오는 딱딱한 물건을 받아내자니, 내가 과연 무엇인가 하는 의문이 들었다. 이 감정을 뭐라 이름 붙일까?

내가 키우는 개도 나만큼이나 빠르게 그녀가 성질을 부리기 시작할 때를 눈치챘다. 분노가 터지기 전에 개가 울부짖고 달려들었다. 어떻게 알아차렸는지는 도무지 알 수 없다. 하지만 확실히 알았고, 곤히 잠든 순간에도 깨어나 울부짖고 달려들었다. 그럴 때면 차라리 내가 개라면 좋겠다고 생각했다.

하지만 정말 최악의 일은 우리에게 딸이 태어났다는 사실이다. 나는 진심으로 아이들을 사랑한다. 하지만 그녀는 화가 나면 아이를 때렸다. 아이가 고작 네다섯 살밖에 되지 않았기 때문에 더 충격이었다. 말의 머리를 향해 채찍을 휘두르며 어린 소피보다 더 심하게 흐느껴 운 적이 한두 번이 아니다. 나로서는 막을 방법이 없었다. 수레 안에서 성질을 부리는 그녀를 막으려 했다가는 몸싸움이 일어나기 일쑤였다.

수레의 크기와 구조상 싸움은 일어날 수밖에 없었다. 불쌍한 소피는 이전보다 더 두려움에 떨었고, 상태도 더 나빠졌다. 아내는 마주치는 사람들에게 불평을 늘어놓았고, 결국 소문은 이렇게 퍼졌다. "저 가증스러운 잡상인이 아내를 팬다네."

어린 소피는 정말 용감했다! 못난 아버지는 딸에게 도움이 되지 못했지만, 그래도 소피는 아버지를 사랑했다. 소피의 머리카락은 빛나는 어두운색으로 자연스럽게 구불거렸다. 지금 생각하면 소피가 아내를 피해 수레 밖으로 도망치고 아내가 아이의 머리채를 잡아당겨 때리는 모습을 보고도 내 정신이 나가지 않았으니, 놀라울 따름이다.

정말 용감한 아이였다. 진짜 그랬다.

"아빠, 다음에는 신경 쓰지 말아요." 얼굴이 아직 불그스름한 소피가 눈에 눈물이 고인 채로 내게 속삭였다. "내가 소리치지 않으면 크게 다치지 않았다고 생각해요. 혹시 내가 소리치더라도 그저 엄마를 뿌리치기 위해서라고 생각해요." 그 어린 영혼은 나를 위해 울음마저 참아냈다.

그것만 빼면 아내는 소피를 잘 돌보았다. 소피의 옷은 늘 깔끔하고 단정했으며, 아내는 그런 상태를 유지하려고 부단히 노력했다. 이런 것이 모순일 테지. 좋지 못한 날씨에 습한 지역에서 지냈는데, 아마 그런 환경 때문에 소피가 미열을 앓은 듯하다. 원인이 무엇이든, 그렇게 아프고 나서 소피는 아내로부터 영영 멀어졌다. 아내의 손길을 철저히 거부했다. 몸을 떨면서도 아내의 손길이 닿으려 하면 "안 돼요, 안 돼" 라고 하며 내 어깨에 얼굴을 묻고는 내 목을 더 꽉 껴안았다.

물건을 파는 일은 사상 최악으로 잘 안 풀렸다. 이유는 다양했다(철도가 가장 큰 영향을 미쳤는데, 결국 철도 때문에 우리 일은 사라질지도 모른다). 그래서 돈이 한 푼도 없었다. 소피가 심하게 아프던 어느 날 밤에는 음식이 완전히 떨어져서 굶거나 수레를 팔거나 둘 중 하나를 선택해야 할 정도였다.

소피는 누우려고도, 나에게서 떨어지려고도 하지 않았다. 나 역시 소피를 눕힐 수도, 내게서 떨어뜨릴 수도 없었다. 그래서 소피의 팔을 목에 둘러 안은 채로 수레 발판 쪽으로 나왔다. 그 모습을 본 사람들이 웃음을 터뜨렸다. 그중 멍청한 시골뜨기 하나가 이렇게 외쳤다. "2펜스에 사겠소!"

"이 시골뜨기들 같으니"라고 하며 내가 말을 시작했다. 마음은 저 끝까지 내려앉았다. "미리 말하는데 마법처럼 당신도 모르는 사이 주머니에서 돈을 꺼내 내게 쓰게 만들 겁니다. 그리고 내게 건네주는 돈보다 훨씬 가치 있는 물건을 당신에게 주면, 당신은 토요일 저녁에 받는 일주일 치 임금을 내게 쓸 생각에 들뜰 테지요. 하지만 날 다시 만날 일은 없을 겁니다. 왜 그런 줄 아세요? 왜냐하면 나는 대량으로 물건을 사들인 다음 내가 사들인 값의 3/4에 해당하는 가격으로 당신네에게 팔 거든. 그래서 나는 다음 주에 싸구려 공작이라는 칭호를 받아 귀족원 의원으로 임명될 예정입니다. 오늘 밤 원하는 것이 있으면 말해 봐요. 줄 테니. 하지만 먼저 내가 이 소녀를 왜 이렇게 안고 있는지 듣고 싶지 않습니까? 알고 싶지 않아요? 그래도 말해주겠습니다. 이 소녀는 요정입니다. 점술사이기도 하고요. 당신들에 관한 모든 것을 내게 속삭여줍니다. 물건을 살 건지 말 건지도 말입니다. 이 톱을 사고 싶습니까? 안 된다고 하는군요. 톱을 다룰 솜씨가 없다고 해요. 능숙하게 다룰 사람에게 이 톱이 간다면 평생 축복받은 것과 다름없습니다. 4실링, 3실링 6펜스, 3실링, 2실링 6펜스, 2실링, 18펜스. 하지만 이건 아무에게도 줄 수 없습니다. 다들 누가 봐도 이런 물건을 전혀 다룰 줄 모르게 생겼으니, 이 톱을 사용하다가는 살인이 일어날 겁니다. 이 대패 세 개도 같은 이유로 아무에게도 줄 수 없으니, 가격을 부를 생각조차 하지 마세요. 이제 당신이 진짜 무엇을 원하는지 소녀에게 물어보지요." (그러고는 소피의 귀에 속삭였다. "이마가 불타는 듯하구나. 많이 아프지 않니, 우리 아가." 소피가 눈도 뜨지 못한 채 대답했다. "조금이요.") "아, 이 어린 점술사가 말하기를 당신은 거래 장부를 원한다고 하는군요. 왜 그리 말하지 않았습니까? 여기. 살펴보세요. 최고급 초미세 열 압착 철사로 2백 페이지를 엮은 장부입니다. 못 믿겠으면 직접 세어 봐요. 숫자를 적을 수 있도록 줄도 그어졌고, 아무리 써도 끝이 뭉툭해지지 않는 연필도 포함되었습니다. 글자를 잘못 써도 긁어낼 수 있는 이중 칼날, 얼마를 벌어들이는지 쉽게 계산할 수 있는 숫자표, 그리고 편하게 앉아 쓸 수 있는 접이식 의자까지 모두 주겠습니다! 잠깐! 칠흑같이 어두운 밤 당신이 생각에 잠길 때 달을 가릴 우산도 있군요. 많이 달라고 하지는 않겠습니다. 그런데 얼마를 생각합니까? 얼마나 적을지 한번 들어봅시다. 부끄러워하지 말고 말해 봐요. 어차피 점술사는 이미 알고 있으니." (속삭이는 듯이 보이려고 소피에게 입을 맞추고 소피도 내게 입을 맞췄다) "고작 3실링 3펜스를 생각하고 있다고 말하는군요! 이 소녀가 말해주지 않았으면 정녕 믿을 수 없는 가격입니다. 3

실링 3펜스라니! 이 장부에 포함된 숫자표에 따르면 연 수입이 4만 파운드라고 하는군요! 그 정도 벌면서 고작 3실링 3펜스라니. 내가 무슨 생각을 하는지 말해주겠습니다. 3펜스는 죽어도 싫으니 3실링만 받겠습니다. 자, 3실링입니다, 3실링! 가져가세요. 운 좋은 저 남자에게 가져다줘요."

가격을 부른 사람이 없었기에 모두가 두리번거리며 미소를 지었다. 나는 소피의 얼굴을 어루만지며 혹시 정신을 잃을 듯하거나 어지럽지는 않은지 물어보았다. "괜찮아요. 조금 있으면 모두 끝날 거예요." 나를 바라보는 어여쁘고 인내심 가득한 눈에서 눈을 돌려 웃고 있는 사람들을 바라보았다. 다시 행상인이 되어 물었다. "여기 정육업자가 있습니까?" (슬픔이 가득한 눈으로 사람들의 무리 바깥쪽에 서 있는 젊고 뚱뚱한 정육업자 한 명을 발견했다) "물건을 가져갈 운 좋은 사람은 정육업자라고 하는군요. 어디 있습니까?" 정육업자는 얼굴이 빨개졌고, 모두가 그를 무리 앞쪽으로 밀었다. 다들 크게 소리쳤고, 정육업자는 어쩔 수 없이 주머니에서 돈을 꺼내 물건을 받았다. 이렇게 선택된 사람은 대개 물건을 가져갈 수밖에 없다. 여섯 번 중 네 번은 그렇다. 그다음에는 이전과 비슷한 물건을 6펜스 더 싸게 팔았다. 더 싸게 파니 사람들은 좋아할 수밖에 없었다. 다음 물건은 안경이었다. 크게 돈이 되는 물건은 아니지만, 어쨌든 안경을 쓰고 재무장관이 세금을 얼마나 감면해 줄지 본다. 그리고 숄을 두른 젊은 여인이 집에서는 무엇을 하는지, 주교들은 저녁으로 무엇을 먹는지 본다. 안경을 쓰면 기분 좋아지는 장면을 훨씬 많이 볼 수 있다. 안경을 쓴 사람의 기분이 좋아질수록 부르는 값은 올라간다. 다음으로는 여성들이 쓸 만한 물건을 팔았다. 찻주전자, 차를 담는 통, 설탕을 넣어두는 유리그릇, 숟가락 여섯 개, 코들 컵[5] 같은 물건을 팔면서도 나는 가엾은 소피에게 눈길을 주고는 한두 마디 건네려고 이전과 비슷한 핑곗거리를 찾았다. 여성들을 상대로 또 다른 물건들을 선보일 때 어깨에 기댄 소피가 고개를 살짝 들어 어둠이 내린 거리를 바라보았다. "왜 그러니 아가야?" "아무것도 아니에요, 아빠. 다 괜찮아요. 그런데 길 건너에 예쁜 교회 마당이 보이지 않나요?" "그래 보이는구나." "내게 두 번 뽀뽀해 줘요. 그러고는 쉴 수 있게 저토록 부드럽고 푸르른

---

5   17세기 후반 영국에서 산모용으로 사용하던 양쪽에 손잡이가 있고 대개는 뚜껑이 달린 깊은 컵.

잔디 위에 눕혀줘요." 소피의 머리가 내 어깨 위로 떨어졌고, 나는 소피를 안은 채 휘청거리며 수레 안으로 들어갔다. "얼른 문을 닫아! 웃고 있는 저 사람들이 보지 못하게!"라고 아내에게 소리쳤다. "무슨 일이에요?" 아내가 물었다. "이제 당신은 소피의 머리채를 잡지 못할 거야. 당신에게서 영영 날아가 버렸으니!"

어쩌면 그 말이 내 의도와 달리 아내에게는 힘겹게 다가왔을지도 모른다. 그날 이후 아내는 암울하게 그저 수레 안에 앉아 있거나 팔짱을 끼고 시선을 바닥에 고정한 채 수레 옆을 몇 시간씩 거닐었다. 그러다가 분노에 휩싸이면 (그래도 이전보다는 그 빈도가 줄어들었다) 새로운 방식으로 이를 표출했다. 내가 붙잡아야 간신히 멈출 정도로 자신을 세게 때리곤 했다. 이따금 술을 마셨지만, 아내는 나아지지 않았다. 그렇게 몇 년이 흐른 뒤 나는 노쇠해진 말의 머리를 끌고 터벅터벅 걷던 중 길거리에 다니는 다른 수레를 보며 내 수레만큼이나 고독함을 가득 싣고 다니는 수레가 과연 있을지 궁금해했다. 모든 이가 나를 행상인 중의 행상인으로 알고 있었지만 말이다. 그렇게 슬픔만 가득한 우리의 삶은 어느 여름 저녁까지 이어졌다. 영국 서부 엑서터에 들어섰을 때 한 여인이 잔인하게 아이를 때리고 있었다. 아이는 "때리지 말아요! 엄마, 엄마 부탁이에요!"라고 소리쳤다. 그 순간 아내는 귀를 막고 들짐승처럼 뛰쳐나갔다. 다음 날 아내는 강에서 발견되었다.

이제 수레에 남은 건 나와 개뿐이었다. 개는 사람들이 가격을 부르지 않으면 짖고, 내가 이렇게 물으면 짖은 다음 고개를 끄덕이는 법을 배웠다. "반 크라운[6]이라고 외친 사람이 누굽니까? 거기 신사분, 혹시 당신입니까?" 개는 엄청난 인기를 얻었다. 누군가가 6펜스만큼이나 낮은 가격을 부르면 으르렁거리는 것도 스스로 깨우쳤다고 나는 아직 믿는다. 하지만 세월이 흐르면서 개도 나이가 들었다. 어느 날 밤 요크에서 내가 안경에 관해 떠들고 있을 때 개가 수레 발판 위에서 몸을 떨며 경련을 일으키더니 그렇게 떠나갔다.

타고나기를 마음이 여린 나는 그 후로 극심한 외로움에 시달렸다. 최고의 행상인에 걸맞게 행동해야 했기에 (그리고 나 자신을 스스로 지켜야 했기에) 물건을 파는 동안에는 외로움을 이겨냈다. 하지만 홀로 남은 시간에는 외로움이 몰려

---

6 5실링 또는 60펜스에 해당하는 동전.

왔다. 공인의 삶이란 그런 것이다. 사람들은 수레 발판 위에 서 있는 나를 보고는 큰 대가를 치러서라도 내가 되고 싶어 한다. 하지만 발판 아래 있는 나를 보고는 아까 치른 대가에 더 보태서라도 내가 되지 않기를 바란다. 이런 상황에서 나는 거인을 알게 되었다. 외롭다고 느끼지 않았다면 그와 말을 섞기에는 내가 너무 대단한 사람이라고 생각했을지 모른다. 이곳저곳 떠돌며 배운 한 가지 교훈은 변장에도 지켜야 할 선이 있다는 점이다. 변장해야만 먹고사는 사람은 주변 사람들에게 무시당하기 쉽다. 그리고 그 거인은 사람들 앞에서 로마인처럼 변장하고 다녔다.

그 청년은 늘 힘없이 축 늘어져 있었다. 팔과 다리가 무척 길어서 더 그렇게 보였으리라. 작은 머리에 든 것도 별로 없었고, 눈도 흐리멍덩했으며, 무릎에 힘도 없었다. 육체적으로나 정신적으로나 균형이 맞지 않아 보였다. 그는 소심하지만 상냥했다. 그가 말을 진정시키려고 시장을 왔다 갔다 하던 중에 우리는 친해졌다. 이름이 피클슨이지만, 다들 그를 리날도 디 벨라스코라고 불렀다.

그 거인 피클슨은 자기 자신도 짐처럼 느껴지지만, 자기 주인이 청각장애인에 언어장애인인 의붓딸을 잔인하게 학대해서 삶이 더 힘겹게 느껴진다고 내게 은밀히 말했다. 의붓딸은 어머니가 죽었고, 어머니 역할을 해줄 사람이 없어서 학대받았다. 그녀가 주인의 마차를 타고 돌아다니는 유일한 이유는 갈 곳이 없었기 때문이다. 거인은 주인이 일부러 그녀를 버리려 한다고 믿었다. 느릿느릿한 그가 이 이야기를 내게 들려주기까지는 꽤 오랜 시간이 걸렸다. 시간이 걸리기는 했지만, 형편없는 몸뚱아리를 거쳐 머리에서 입으로 이야기가 나오기는 했다.

주인이 그 불쌍한 어린아이의 검은 머리채를 잡아당겨 때린 이야기를 들었을 때는 거인을 제대로 볼 수 없을 만큼 눈물이 앞을 가렸다. 눈물을 닦은 후 거인에게 6펜스를 주었다(키만 컸지 주머니에 든 것이 매우 적었기 때문이다). 그러면 거인은 3페니를 진과 물 두 잔을 사는 데 썼다. 그는 술을 마시면 기분이 좋아져서 유명한 코믹송 '덜덜 달달, 날씨가 무척 춥다네'라는 노래를 불렀다. 그를 로마인으로 분장시킨 주인은 어떤 방법으로도 그에게 노래를 부르게 할 수 없었는데 말이다.

그의 주인은 밈이라는 사람이었다. 밈은 목소리가 아주 걸걸했는데, 이전에 그와 몇 번 대화를 나눠봐서 알고 있었다.

그가 공연하는 시장에 가 보았다. 물건을 팔 계획이 없었던 나는 수레를 마을 밖에 세워두었다. 공연이 한창 진행되던 중 마차 뒤쪽으로 진흙이 잔뜩 묻은 바퀴에 몸을 기대고 졸고 있는 불쌍한 한 소녀를 보았다. 그 소녀는 청각장애인에다 언어장애인이기까지 했다. 처음에 언뜻 보았을 때는 야생동물 쇼에서 뛰쳐나온 듯한 행색이었다. 다시 자세히 살펴보니, 조금만 돌봐주고 친절을 베풀면 내 아이가 될 듯했다. 그날 밤 소피의 아름다운 머리가 내 어깨 위로 떨어지지만 않았어도 지금쯤 저 소녀의 나이가 되었을 텐데.

간단히 말하면 나는 밈이 밖에서 징을 치고 있을 때 그에게 다가가 비밀스럽게 물었다. "이 소녀는 당신에게 짐만 될 듯한데, 얼마에 팔 겁니까?" 밈은 내가 만나본 사람 중 가장 드세게 욕했다. 그의 대답에서 욕이 차지하는 부분이 가장 컸기에 그 부분은 생략하고 말하면 이랬다. "멜빵 하나만 주면 됩니다." 그 대답에 나는 이렇게 말했다. "어떻게 할지 말해주겠습니다. 수레에서 찾을 수 있는 가장 좋은 멜빵 여섯 개를 당신에게 줄 테니, 아이는 내가 데려가겠습니다."(또 드세게 욕하며) 밈은 이렇게 말했다. "물건을 진짜 건네주면 당신 말을 믿겠소." 혹여나 밈이 마음을 바꿀까 봐 나는 최대한 서둘렀고, 그렇게 거래가 성사되었다. 그 모습을 지켜보던 피클슨이 안도하며 작은 뒷문으로 뱀처럼 몰래 빠져나와 자신을 뒤로하고 떠나가는 수레바퀴를 보며 '덜덜 달달, 날씨가 무척 춥다네'의 가사를 조용히 읊었다.

소피와 나는 수레를 타고 여행하며 행복한 나날을 보냈다. 그녀가 정말 내 친딸이 되기를 바라는 마음에서 나는 곧장 그녀를 소피라고 불렀다. 하늘의 도움으로 우리는 곧 서로를 이해하기 시작했다. 소피는 내가 자신을 진심으로 친절하게 대한다는 사실을 알았다. 얼마 지나지 않아 소피는 내게 마음을 열었다. 내가 겪은 온갖 처절한 외로움을 겪어보지 않은 사람은 누군가가 나를 진심으로 좋아하는 그 느낌을 결코 이해하지 못한다.

소피를 가르치는 내 모습을 보면 아마 크게 웃거나 반대로 인상을 찌푸렸을 것이다. 성격에 따라 달리 반응하지 않았을까? 상상하기 어렵겠지만, 처음에는 이정표의 도움을 받았다. 상자 안에 큰 뼛조각으로 만든 알파벳을 넣어두고, 만약에 윈저라는 곳에 간다고 하면 알파벳을 순서대로 꺼내 소피에게 건네주었다. 그리고 이정표를 마주칠 때마다 동일한 순서로 동일한 알파벳을 보여주며 왕족이 거주하는 그 방향을 가리켰다. 다음에는 수레를 의미하는 단어인 CART를 수레에 붙여 가르쳤다. 내 이름인 닥터 메리골드를 가르칠 때는 내 조끼 바깥에 그 글자를 매달고 다녔다. 마주치는 사람이 쳐다보고 약간 웃기도 했지만, 소피가 배울 수만 있다면 아무렴 상관없었다. 오랜 인내와 고생 끝에 소피는 해냈고, 이후의 과정은 순조로웠다. 정말이다! 처음에는 나를 보고 수레라고 하고 수레를 보고는 윈저라고 했지만, 곧 알아차렸다.

우리만의 수화도 만들었는데, 그 수가 수백 개에 달했다. 소피는 종종 가만히 앉아 나를 바라보며 자기가 원하는 바를 내게 어떻게 설명할지, 새로운 생각이나 단어를 어떻게 말할지 깊이 고민하곤 했다. 그 순간만큼은 정말 내 친딸 소피가 돌아온 듯했다. 그날 이후 세월이 지난 모습을 하고 말이다. 마치 소피가 자신이 떠나간 그 불행한 밤 이후 하늘에서 무엇을 했는지 내게 말해주려는 듯하다고 생각했다. 소피는 예뻤다. 이제는 윤기 나는 그 검은 머리카락을 끌어 챌 사람이 없었기에 머리는 깔끔히 정돈되어 있었고, 그 모습을 보고 있자니 어딘가 마음에 감동이 일었다. 수레는 처량함이라고는 찾아볼 수 없는, 세상에서 가장 평화롭고 고요한 곳이 되었다.

내가 어떤 표정을 지어도 놀랍게도 소피는 무슨 뜻인지 곧장 알아들었다. 밤에 물건을 파는 날이면 소피는 밖에 있는 사람들 눈에 띄지 않게 수레 안에 앉아 내 눈을 열심히 들여다보았다. 그리고 내가 원하는 물건을 정확히 꺼내 내게 건네주었다. 그러고는 손뼉을 치며 기쁨 가득한 웃음을 터뜨렸다. 처음 만났을 때 소피는 굶주리고 매 맞고 볼품없는 모습으로 진흙이 잔뜩 묻은 수레바퀴에 기대어 졸고 있었다. 그랬던 소피가 너무 밝아진 모습을 보니 내 기분도 덩달아 좋아져서 나는 어느 때보다 행상인으로서 크게 성공했다. 그래서 유언으로 피클슨(정확히는 밈과 함께 여행하는 거인, 즉 피클슨)에게 5파운드 수표를 남겼다.

소피가 열여섯 살이 되던 해까지 수레 안에서 우리는 그렇게 행복하게 지냈다. 그러다가 소피에게 내가 해야 할 몫을 제대로 하지 않았다는 생각이 들었고, 내가 가르치는 것보다 더 좋은 교육을 받으면 좋겠다고 생각했다. 나는 소피에게 이런 내 생각을 말하며 그녀와 많은 눈물을 흘렸다. 하지만 해야 할 일은 해야 한다. 눈물도 웃음도 정당하게 해야 할 일을 막을 수는 없다.

그래서 나는 소피의 손을 잡고 런던에 있는 농아 시설을 찾아갔다. 그곳에서 만난 남자에게 이렇게 말했다. "자, 나는 이렇게 할 생각입니다. 나는 고작 행상인에 불과하지만, 혹시 모를 일에 대비해 지난 몇 년간 돈을 모아두었습니다. 이 아이는 (입양한) 내 유일한 딸입니다. 아마 이 아이보다 귀가 더 안 들리고 말을 더 못하는 사람을 찾기는 어려울 겁니다. 가장 짧은 기간 안에 가르칠 수 있는 최대한을 가르쳐주기를 바랍니다. 그리고 그에 상응하는 수업료를 부르는 만큼 주겠습니다. 한 푼도 깎을 생각이 없습니다. 지금 당장 바로 여기에서 돈을 주겠습니다. 감사하는 마음으로 1파운드 더 얹어주지요. 여기 있습니다!" 남자가 미소를 지으며 말했다. "그렇다면 이 아이가 지금까지 무엇을 배웠는지 먼저 알아야 합니다. 이 아이와 어떻게 소통하는지 말해주세요." 그래서 내가 그에게 보여주었다. 소피는 많은 것의 명칭을 또박또박 써 내려갔다. 그리고 남자가 보여준 책에 담긴 짧은 이야기에 관해 우리는 기쁘게 대화를 나누었다. 그렇게 소피는 글을 읽을 수 있다는 사실을 보여주었다. "정말 놀랍습니다. 정말 당신 말고 다른 이가 이 아이를 가르친 적은 없습니까?" 남자가 물었다. "그렇습니다. 나 말고는 가르친 사람이 없습니다. 소피 자신을 제외하고 말입니다." 지금까지 그토록 나를 인정하는 말은 들어본 적이 없었다. "그렇다면 당신은 정말 현명하고 좋은 사람이 틀림없습니다." 남자는 이 말을 소피에게도 전했다. 그러자 소피는 남자의 손에 입을 맞추고, 손뼉을 치고, 웃고 울었다.

우리는 남자를 총 네 번 만났다. 한 번은 남자가 내 이름을 적으며 도대체 어떻게 이름이 닥터가 되었는지 물었다. 믿을지 모르지만, 그 남자는 내가 이 세상에 나오도록 도움을 준 의사의 외조카였다. 그렇게 우리는 한층 가까워졌다.

"자, 메리골드 씨. 이제 당신의 수양딸이 무엇을 더 배우기를 바라는지 말해주겠습니까?"

"부족하더라도 세상으로부터 최대한 덜 단절되기를 바랍니다. 글이라면 쉽고 기쁘게 무엇이든 읽을 수 있기를 바랍니다."

"내 좋은 친구여," 남자가 눈을 크게 뜨며 강하게 말했다. "내가 그런 일을 어떻게 할 수 있습니까!"

나는 그의 농담을 받아들이며 웃었다(경험상 농담에 웃음으로 반응하지 않으면 안 된다). 그리고 그에 걸맞게 다시 대답했다.

"그렇다면 이후에는 소피를 어떻게 할 생각입니까?" 남자가 의심이 가득한 눈으로 물었다. "같이 돌아다닐 겁니까?"

"수레 안, 거기에만 둘 생각입니다. 그곳에서 조용히 살게할 겁니다. 절대 사람들 앞에 아이의 약점을 보일 생각은 없습니다. 돈을 얼마를 준다고 해도 아이를 구경거리로 삼을수는 없습니다."

남자는 내 말이 맞는다는 듯 고개를 끄덕였다.

"그렇다면 2년간 아이와 떨어져 지낼 수 있습니까?"

"소피가 좋아질 수만 있다면야."

"달리 물어보겠습니다." 남자가 이번에는 소피를 바라보며 물었다. "아이도 당신과 2년간 떨어져 지낼 수 있습니까?"

그것이 더 어려운 문제인지는 알지 못했다(소피와 떨어지는 것은 이미 나에게 충분히 어려웠으므로). 하지만 그 일을 겪고도 괜찮아지기까지는 힘들었다. 결국 소피는 진정했고, 우리의 이별은 그렇게 결정되었다. 그 순간이 왔을 때 저녁 어둠 속 문 앞에 아이를 두고 떠나며 우리 둘 다 얼마나 마음이 찢어졌는지는 차마 말할 수 없다. 하지만 그날 밤과 관련해 이것만은 알고 있다. 그 시설을 지나칠 때마다 머리가 지

끈거렸고, 울컥하며 목에 뭔가 걸리는 듯한 느낌이 들었다. 평소처럼 최고의 물건을 내놓고 팔 수도 없었다. 총도, 안경조차도. 내무부 장관에게 5백 파운드의 포상금을 받는다고 해도, 그의 집에 초대받아 마호가니 식탁에 앉는다고 해도 아무 소용이 없었다.

수레 안을 채운 외로움은 예전 느낌과는 달랐다. 그러나 오히려 기간이 정해져 있었기 때문에 그 기간이 끝날 날을 고대할 수 있었다. 기분이 가라앉을 때면 아이는 내 것이고 나는 아이의 것이라는 생각으로 마음을 달랬다. 쉬지 않고 아이가 돌아올 날을 계획했다. 몇 달 후에는 새로운 수레를 살 예정이었다. 그 수레로 무엇을 할 계획이었느냐고 물으면 이렇게 말해주겠다. 수레 안에 선반을 설치해 책으로 채우고, 자리를 하나 만들어 거기에 앉아 아이가 책 읽는 모습을 보고, 내가 아이의 첫 선생님이라는 점을 곱씹을 계획이었다. 서두르지 않고 용케 내가 직접 수레를 수리하고 필요한 물건을 채워 넣었다. 침대 위로는 커튼을 달고, 독서할 수 있는 테이블과 글을 쓸 수 있는 테이블을 하나씩 두었다. 그리고 다른 곳에는 책을 빼곡히 꽂았다. 그림이 있는 책과 없는 책, 철한 책과 그렇지 않은 책, 금테를 두른 책과 그렇지 않은 책, 북쪽, 남쪽, 서쪽, 동쪽, 전국 방방곡곡을 다니며 모은 책들로 말이다. 바람이 부는 곳, 바람이 불지 않는 곳, 여기저기, 생각지도 못한 곳, 언덕을 넘어, 저 멀리 멀리서 모았다. 지저분해 보이지 않을 정도로만 수레를 책으로 꽉 채우고 나니, 새로운 계획이 떠올랐다. 그 새로운 계획을 실행하는 데 시간과 집중력이 꽤 필요했다. 그렇게 2년이라는 시간을 버텼다.

탐욕스러운 성격은 아니지만, 그래도 이왕이면 물건을 소유하는 편이 좋다. 예를 들면, 내 수레를 다른 누군가와 공유하고 싶지는 않다. 상대가 미덥지 않아서가 아니라 그저 온전히 내 것이었으면 한다. 당신도 마찬가지일 것이다. 아이가 저 책들을 읽기 전에 이미 다른 사람이 읽었다고 생각하니, 마음에 질투심 비슷한 것이 슬슬 밀려왔다. 아이에게서 책들의 주인이 될 기회를 빼앗아 간 듯했다. 그러다 보니 의문이 생겼다. 그렇다면 오직 아이만을 위해 책을 만들 수는 없을까? 그 누구보다 아이가 가장 먼저 그 책을 읽을 수 있도록 말이다.

그 생각이 마음에 들었다. 나는 어떤 생각이 떠오르면 실행하는 사람이다. (머릿속에 들어 있는 오만가지 생각을 깨우고 절대 잠들지 못하게 해야 한다. 그렇지 않으면 행상인으로 살아가기 어렵다) 직업상 이곳저곳을 돌아다니기 때문에 책에 등장할 여러 문학적 인물을 찾아 나서기란 쉽지 않다. 그래서 이 책은 안경이나 총 같은 단일 품목이 아니라 면도기, 다리미, 크로노미터 시계, 접시, 밀방망이, 거울처럼 일반적인 잡동사니가 되어야 한다고 계획했다. 이렇게 결론 내리자, 또 다른 생각이 떠올랐다.

소피가 수레 발판에서 물건을 파는 내 목소리를 한 번도 들어본 적이 없고 들을 수도 없었다는 사실을 후회하곤 했다. 허세를 부리는 것이 아니라 굳이 겸손 떨며 재능을 숨길 필요는 없지 않은가? 그 모습을 가장 귀하게 여겼으면 하는 사람에게 왜 그런 명성을 얻게 되었는지 이유를 밝히지 못한다면 명성이 무슨 의미가 있는가? 이렇게 생각해 보자. 그 명성의 가치를 따져보자. 6펜스? 5펜스? 4펜스? 3펜스? 2펜스? 1페니? 반 페니? 파딩[7]? 모두 아니다. 파딩만큼의 가치도 없다. 내가 내린 결론은 나에 관한 이야기로 책의 포문을 여는 것이다. 수레 발판 위에 서 있는 나에 관해 한두 번

---

7   구 페니의 1/4에 해당하는 영국의 옛 화폐.

읽어보면 내가 어떤 장점을 가졌는지 대략 파악할 수 있으리라. 완벽하게 나라는 사람을 글로 풀어낼 수 없다는 사실은 알고 있었다. 내 눈, 내 목소리, 말의 빠르기, 행동의 재바름, 전체적으로 활기찬 성격을 글로 쓸 수는 없다. 하지만 대중 앞에서 말로 먹고사는 사람이라면 해야 할 말을 미리 쓸 수는 있다. 실제로 해야 할 말을 미리 쓰는 사람의 얘기를 들어보았다.

그렇게 결심한 후에는 책의 제목을 뭐라고 지을지 고민했다. 그 고민을 어떻게 해결했느냐고 물으면 이렇게 답하리라. 아이에게 설명하기 가장 어려운 점은 왜 내 이름이 닥터가 되었는지다. 실제 의사도 아닌데 말이다. 최선을 다해 힘겹게 노력했지만, 결국 이것만은 제대로 가르치지 못했다. 하지만 2년 안에 발전했으리라 믿고 내가 직접 글로 써서 설명하면 이제는 이해시킬 듯했다. 그러다가 우선 농담을 한번 해서 아이의 반응을 살피기로 했다. 그렇게 하면 아이의 이해력을 파악할 듯했다. 아이가 나를 의학 지식을 갖춘 의사로 착각해 처방전을 발급해달라고 한 적이 있다. 그래서 나는 이렇게 생각했다. '이 책을 나의 처방전이라고 이름 붙이면 아이는 곧 이 처방전들이 오직 자신의 재미와 흥미를 위해 만들어졌다고 생각할 테지. 책을 본 아이는 기분 좋게 웃거나 울 테고, 그러면 그 책은 우리가 어려움을 함께 극복했다는 유쾌한 증거가 될 터이다.' 완벽한 결론이었다. 인쇄되어 제본된 책을 수레 안 책상 위에 올려두었다. '닥터 메리골드의 처방전'이라는 제목을 본 아이는 놀라움을 금치 못하고 잠시 나를 바라보았다. 그러고는 페이지를 넘기더니 매력적인 웃음을 터뜨린 후 심장에 손을 얹고 고개를 저었다. 그리고 책에 몰입한 듯 읽는 척을 하더니 책에 입을 맞추고 가슴에 꼭 껴안았다. 살면서 가장 기쁜 순간이었다.

하지만 기대해서는 안 된다. (이 표현은 아이에게 주려고 산 많은 로맨스 책에서 차용했다. 로맨스 책은 많이 샀지만, 내가 직접 읽어본 적은 없었다. 그러다가 읽게 되었는데, 많은 등장인물이 "기대하지 마세요"라고 말한 것을 보았다. 말은 그렇게 하지만 실제로는 왜 기대하는지 늘 궁금했다) 다시 한번 말하지만, 기대해서는 안 된다. 이 책을 만드는 데 여가 시간을 모두 쏟아부었다. 여러 편의 글을 하나의 책으로 모으는 작업은 무척 어려웠다. 하지만 나에 관한 글을 쓰는 일은 더 그랬다. 잉크가 얼마나 번지는지, 얼마나 집중해야 하는지, 그리고 얼마나 인내해야 하는지 믿을 수 없을 정도였다. 수레 발판에 서서 물건을 파는 일과 다를 바 없었다. 수레 아래 관객은 절대 모른다.

　마침내 모두 끝났다. 그새 2년이 흘렀다. 그 세월이 어디로 갔는지 아무도 알지 못한다. 새로운 수레가 완성되었다. 겉은 노란색으로 칠하고 군데군데 주색으로 장식하고 놋쇠 장식을 달았다. 오래된 말 한 마리도 매달았다. 그리고 새로 산 말 한 마리는 물건을 파는 수레에 매달고 수레를 운전할 어린 남자아이를 태웠다. 그러고는 소피를 데리러 가려고 행색을 말끔히 했다. 화창하지만 쌀쌀했고, 수레 굴뚝에서는 연기가 피어올랐다. 도로에 있지 않을 때는 사우스 웨스턴 철도를 달리는 열차(하행선 열차 오른쪽 창문)에서 볼 수 있는 원즈워스의 한 공터에 수레를 세워두었다.

　"메리골드 씨, 정말 반갑습니다." 남자가 반갑게 손을 내밀며 말했다.

　"정말 그럴지 의문이군요. 내가 당신을 만나서 반가운 반만큼이나 당신도 내가 반가운지 말입니다." 내가 대답했다.

　"이 기간이 무척 길게 느껴졌나요, 메리골드 씨?"

　"실제 기간에 비해서는 그렇다고 할 수 없지만, 그래도…."

　"그렇다면 다행입니다, 좋은 친구여!"

아! 그 아이였다! 어여쁘고, 지적이고, 표현력이 풍부한 여성으로 자랐다! 그 순간 알았다. 정말 그 아이가 내 친딸과 비슷하다는 사실을. 그렇지 않았으면 문 옆에 조용히 서 있는 그 아이를 절대 알아보지 못했다.

"감동했군요." 남자가 친절하게 말했다.

"나는 한낱 조끼를 입은 비천한 사람에 불과합니다." 내가 말했다.

"나는 이렇게 생각합니다. 비참함과 비루함에서 아이를 건져내어 자신과 비슷한 사람들과 소통하도록 한 사람은 바로 당신이라고 말입니다. 하지만 아이와도 대화를 잘 나눌 수 있는데, 왜 우리끼리 대화한단 말입니까? 아이와 얘기 나누세요."

"나는 그저 조끼를 입은 비천한 사람에 불과합니다. 아이가 정말 우아한 여성이 되었습니다. 문 옆에 조용히 서 있지 않습니까."

"아이가 움직이는지 예전에 소통하던 방식으로 시도해 보세요." 남자가 말했다.

남자와 아이가 나를 기쁘게 해주려고 준비한 모양이다! 우리가 예전에 쓰던 수화를 사용하자, 아이는 내 발치로 달려와 무릎을 꿇고는 손을 위로 올렸다. 눈에서는 사랑과 기쁨의 눈물이 흘러내렸다. 내가 아이의 손을 잡고 일으키자, 아이는 내 목을 껴안고 그렇게 서 있었다. 다른 이들의 눈에 얼마나 우스꽝스럽게 보였을지 모른다. 우리 셋은 소리 없이 대화를 나누었다. 부드럽고 기분 좋은 무언가가 우리를 위해 온 세상에 펼쳐진 듯한 기분이었다.

"자, 나는 이제 이렇게 할 생각입니다. 아이만을 위한 책, 나를 제외하고 누구도 읽지 않은 책, 내가 직접 쓰고 마무리한 책, 48페이지에 96열로 이루어진 책입니다. 와이팅의 작품으로 보포트 하우스에서 만들었습니다. 증기 기계로 만들어졌고, 최상급 종이만 썼습니다. 아름다운 초록색 표지에다 세탁부 여인이 막 곱게 접은 깨끗한 리넨 같은 종이는 바느질만으로도 하나의 작품이라 할 만큼 정교하게 꿰맸습니다. 공무원 인사위원회에서 누가 가장 굶주리는지 겨누는 시험을 치르는 여자 재봉사의 바느질 견본품보다 낫다고 할 수 있습니다. 이 물건을 얼마에 팔지 아세요? 8파운드? 아니오. 6파운드? 그것보다 적습니다. 바로 4파운드입니다. 내 말을 믿지 않겠지만, 정말 그 가격입니다. 4파운드! 바느질만 해도 그 절반이 들었습니다. 48페이지에 96열로 이루어진 책이 4파운드입니다. 4파운드보다 더 많이 얻고 싶으세요? 그렇다면 가져가세요. 흥미진진한 광고 세 페이지도 거저 들어가 있습니다. 읽어보고 믿으세요. 할 말이 더 있다면, 즐거운 크리스마스 보내고 새해도 행복하게 맞이하길. 장수와 풍요를 기원합니다. 내 의도대로 전달만 되면 그 가치는 20파운드에 달합니다. 반드시 기억하세요! 마지막 처방전 '평생 복용할 것'에는 수레가 어떻게 고장 나고 여정이 어디에서 끝나는지 알려줍니다. 4파운드가 너무 비싸다고요? 아직도 그렇게 생각하세요? 이리 오세요! 그렇다면 4펜스 부르고 비밀을 지켜주세요."

II. 잠들기 전에는 복용하지 말 것

이 이야기는 '악마의 여인숙'에 관한 전설이다. 코네마라 산맥 정상에 자리한 다섯 개의 봉우리 사이에는 계곡이 있는데, 계곡 사이 헤더[1]가 무성한 곳에 바로 악마의 여인숙이 있다. 그 집은 9월 저녁 그 근방에 온 사람들에게 목격되기도 한다. 모진 풍파에 닳고 닳았으며, 언덕 사이로 비치는 이글거리는 햇빛을 온전히 받아내느라 창문은 산산이 부서졌다. 산맥의 안내자들은 그 여인숙을 피해 다닌다.

그 집을 지은 자는 철저히 낯선 사람이었다. 아무도 그가

---

1 낮은 산 또는 황야 지대에 피는 야생화.

언제 어디에서 왔는지 알지 못했다. 사람들은 음침하고 혼자 있기를 즐기는 그를 콜 두(또는 블랙 콜)라고 불렀다. 그의 집이 악마의 여인숙으로 불리게 된 이유는 지친 여행자 중 누구도 그 지붕 아래에서 쉬어가라고 초대받은 적이 없고, 누구도 그 집의 문턱조차 넘어본 적이 없기 때문이다. 쭈글쭈글한 노인 하나를 제외하고 콜 두와 그 집에서 어울리는 사람은 단 한 명도 없었다. 그 노인은 자신과 주인이 먹을 음식을 구하러 가장 가까운 마을로 종종 나들이를 나섰는데, 그럴 때면 그는 터벅터벅 걷는 농부가 건네는 반가운 인사를 외면하곤 했다. 노인은 자신과 주인이 그 집에 오기 전까지 어떤 삶을 살았는지 바위처럼 입을 꾹 닫고 지냈다.

그들이 그곳에 산 첫 1년간은 그들이 누구인지, 머리 위로 독수리들이 날아다니고 구름과 맞닿은 그곳에서 그들이 무엇을 하는지 추측이 난무했다. 어떤 이들은 콜 두가 주변 땅을 물려받은 유서 깊은 가문의 후손이지만, 가난에 시달리고 자존심에 상처를 입어 홀로 고독하게 생활하며 불행을 곱씹으려고 그곳에 왔다고 했다. 또 어떤 이들은 범죄에 연루된 그가 다른 나라에서 도주해 왔다고 말했고, 또 어떤 이들은 그가 태어날 때부터 저주를 받아서 죽는 날까지 미소조차 짓지 못하고 사람과는 친구가 될 수 없는 운명이라고 말했다. 하지만 그로부터 2년이 흐르자 그에 대한 궁금증은 식었고, 다들 콜 두에 관해 더는 말하지 않았다. 양치기가 손에 총을 들고 산속을 걸어 다니는 거구의 남성을 마주하고 차마 "주님이 당신을 구원하시길!"이라는 말조차 내뱉지 못했을 때를 제외하고, 어느 추운 겨울밤 요람을 흔들던 한 여인이 오두막 지붕 위로 태풍이 거세게 몰아치자 성호를 그으며 "이런, 콜 두는 오늘 밤 머리 위로 신선한 공기를 충분히 마시겠군!"이라고 말했을 때를 제외하고 콜 두의 이름은 거론되지 않았다.

콜 두는 몇 년간 홀로 지냈다. 그러다가 새로운 지주 블레이크 대령이 그 지역을 방문한다는 소식이 들려왔다. 콜 두는 자신의 집을 둘러싼 봉우리 중 하나에 올라 산자락을 훤히 내려다보았다. 그 아래로는 담쟁이덩굴이 뒤덮인 굴뚝과 빛바랜 벽이 있는 낡은 회색 집이 아이의 장난감처럼 작게 내려다보였다. 그 집은 듬성듬성 자란 나무와 단단한 바위들 사이에 우뚝 서 있어서 요새처럼 보이기도 했다. 창문들은 마치 "신세계로부터 온 새로운 소식이 있는가?"라고 끊임없이 요구하듯 열렬한 눈빛으로 줄곧 대서양을 응시했다.

석공과 목수들이 햇볕 아래 개미처럼 저 밑에서 기어다녔다. 그들은 바닥부터 굴뚝까지 오래된 집을 발발거리며 돌아다녔고, 여기저기 칠을 하고 두드려대고 벽을 무너뜨렸다. 저 높이 구름 위에서 이 모습을 내려다보는 콜 두에게 무너지는 벽은 한 줌의 공깃돌처럼 보였고, 새로 세워지는 벽은 어린아이의 장난감 농장에 있는 울타리 같았다. 몇 달 동안 콜 두는 그렇게 개미들이 바삐 무너뜨리고 다시 세우고, 흉하게 망가뜨리고 다시 아름답게 꾸미는 모습을 지켜보았다. 모든 작업이 끝났지만, 그는 아래로 내려가 새로 만든 당구실의 멋진 장식 판자를 감상하거나 응접실의 확장된 통창을 통해 뉴펀드랜드로 향하는 대로가 희미하게나마 보이는 멋진 경치를 감상하고 싶은 마음이 들지 않았다.

한여름이 가을로 접어들어 저물어가는 호박빛 흔적이 서서히 풍성한 보랏빛 대지와 산을 물들일 무렵, 블레이크 대령이 자신의 외동딸과 딸의 친구 무리와 함께 도착했다. 회색 집에는 흥겨운 생기가 돌았지만, 콜 두는 더는 회색 집을 바라보는 데 관심을 두지 않았다. 해가 뜨고 지는 모습을 볼 때면 다른 이의 거주지가 보이지 않는 바위산을 올랐다. 총을 들고 탐험을 떠날 때면 가장 외딴곳만을 향해 가장 외로운 계곡을 건너 가장 황량한 능선을 등반했다. 손에 총을 든 채 우연히 다른 여행객을 마주칠 듯하면 깊이 움푹 팬 그늘 속으로 뛰어들어 그들과 마주치는 것을 피했다. 그럼에도 운명은 그를 블레이크 대령과 만나게 했다.

어느 쾌청한 9월의 저녁 무렵, 바람의 방향이 바뀌면서 30분 만에 산 전체가 짙은 안개 속으로 숨어들었다. 콜 두는, 집에서 멀리 떨어졌지만, 산을 타는 데 능숙하고 기후에 익숙했기에 어떤 태풍도, 비바람도, 안개도 개의치 않았다. 그렇게 길을 걷던 중 짙은 안개 속에서 누군가의 고통스러운 울음소리가 희미하게 그의 귀에 들려왔다. 재빨리 소리를 따라간 콜 두는 비틀거리며 내딛는 발걸음마다 죽음의 위험에 가까워지는 한 남자를 마주했다.

"날 따라오시오!" 콜 두가 남자에게 소리쳤다. 그는 한 시간 만에 남자를 저지대까지 안전하게 데리고 내려가 열렬한 눈빛을 가진 저택의 담장에 데려다주었다.

"나는 블레이크 대령입니다." 안개 속을 벗어나 별빛 아래 불 켜진 창문가에 섰을 때 남자가 말했다. "내 목숨을 누구에게 빚졌는지 부디 말해주시오."

남자는 말하면서 자신의 목숨을 구해준 사내를 올려다보

앉다. 햇볕에 그을려 피부가 까무잡잡했고 암울한 표정을 짓고 있는 거구였다.

"블레이크 대령." 콜 두가 잠시 멈칫한 뒤 말을 이어갔다. "도박판에서 당신의 아버지가 내 아버지에게 전 재산을 걸자고 유혹했습니다. 그렇게 그들은 재산을 걸었고, 당신 아버지가 이겼습니다. 두 사람은 지금 세상에 없지만, 당신과 나는 살아 있습니다. 나는 당신에게 해를 가하리라 맹세해 왔습니다."

대령이 불안한 표정을 지으며 자신을 마주한 남자를 보고 유쾌하게 웃었다.

"허나 오늘 밤 내 목숨을 구함으로써 그 약속을 지켰군." 그가 말했다. "이리 오시오! 나는 군인이기에 적을 만나면 알아봅니다. 오늘은 적이 아니라 친구를 만난 듯하군. 내 집에서 대접하기 전까지는 내 마음이 편치 않을 듯합니다. 오늘 밤 내 딸의 생일을 축하하는 즐거운 자리가 있는데, 들어와서 함께하겠습니까?"

콜 두는 땅에서 눈을 떼지 않았다.

"말했잖습니까. 내가 누구이며 무엇인지. 당신의 집 문턱을 넘는 일은 없습니다."

하지만 그 순간 (그 순간에도 내 이야기는 계속된다), 두 사람이 서 있던 곳 근처의 화단 위에서 프랑스식 창문이 열리더니 환상적인 모습이 나타났다. 그 모습을 본 콜 두는 할 말을 잊었다. 하얀 새틴 옷을 입은 우아한 소녀가 서 있었는데, 담쟁이덩굴이 뒤덮인 창문이 마치 액자가 된 듯했다. 방에서 새어 나오는 따스한 빛이 그녀의 풍만한 몸매를 감싸 어두운 밤을 환하게 비췄다. 그녀의 얼굴은 새틴 드레스만큼이나 하얗게 빛났고, 눈에는 눈물이 그득히 차올랐지만, 입가에는 강인한 미소가 번졌다. 그녀가 아버지에게 두 손을 내밀었다. 그녀 뒤에서 비치는 빛이 그녀가 입은 반짝이는 드레스 주름, 목에 걸린 풍성한 진주, 머리 뒤쪽으로 땋은 머리카락을 감싸는 핏빛 장미 화관에 닿았다. 새틴, 진주, 장미는 악마의 여인숙에 사는 콜 두가 한 번도 본 적 없는 것들이었다.

에블린 블레이크는 쉽사리 긴장하거나 눈물이 많은 여인이 아니었다. 그저 "하나님 감사합니다! 안전하게 돌아오셨군요. 다른 사람들은 한 시간 전에 이미 도착했어요"라고 말하며 보석이 반짝이는 손으로 아버지 손에 깍지를 꼈다. 그녀가 느낀 불안과 고통의 표현은 이것이 다였다.

"사랑하는 딸아, 이 용감한 신사가 내 목숨을 구해주었다!" 대령이 기쁘게 말했다. "에블린, 그에게 얼른 들어와서 손님 대접을 받으라고 해주렴. 다시 산으로 돌아가 내가 그를 찾은 안개 속에서 길을 잃지 않도록 말이다. 아, 그가 나를 찾았다고 말하는 게 더 옳겠구나. (콜 두에게) 이리 오시오! 이 아이는 꽤 끈질긴 면이 있으니, 이 아름다운 아이의 말은 들어야 합니다."

서로 소개하는 시간이 이어졌다. "콜 두!" 에블린 블레이크가 그의 이름을 낮게 읊조렸다. 그녀는 그에 관해 떠도는 이야기를 들었다. 하지만 아버지의 목숨을 구해준 사람을 진심으로 환대하기 위해 그를 환영하며 집 안으로 초대했다.

"부디 들어오세요." 그녀가 말했다. "당신이 아니었다면 흥겨운 분위기가 애도로 바뀌었을 거예요. 은인이 동참하지 않는다면 이 흥겨운 자리에 그림자가 드리울 겁니다."

몸에 밴 듯한 오만함이 섞인 달콤하고도 우아한 태도로 그녀가 창문 밖에 서 있는 거구의 남성에게 하얀 손을 내밀었다. 그러자 그가 그 손을 잡아 비틀어 오만한 소녀의 눈을 놀라움으로 번쩍이게 했다. 그 작은 손은 불쾌함으로 오므라들었다가 반짝이는 드레스 주름 사이로 화가 난 듯 숨어들었다. 콜 두는 정신이 나갔을까, 아니면 무례한 것일까?

손님은 더는 초대를 거절하지 않고 하얀 소녀를 따라 램프 등이 켜진 작은 서재로 들어갔다. 암울한 표정의 낯선 사람, 화통한 대령, 그리고 어린 소녀는 그제야 서로의 모습을 자세히 보았다. 에블린은 낯선 이의 어두운 얼굴을 힐끗 쳐다보며 형언할 수 없는 공포와 혐오감으로 몸을 떨었다. 그녀는 아버지에게 가볍게 흔히들 하는 말로 "누가 내 무덤 위로 걸어가나 봐요"[2]라고 하며 자신이 몸서리친 이유를 설명했다.

그렇게 콜 두는 에블린 블레이크의 생일 무도회에 참석했다. 외면당하고 고독하게 지내는, 다들 별명으로만 아는 낯선 이는 자신의 집이어야 할 곳에 있었다. 가난과 치욕을 안겨주었고, 이제는 세상을 떠난 어머니의 상심을 유발했고, 아버지마저 자살로 떠나보내는 슬픔을 가슴에 품게 하고, 형제자매를 삭막하게 흩어지게 만든 아버지 원수의 아들에게 복수할 목적으로 독수리와 여우 사이에 숨어 산 그다. 그런 그가 이제 힘을 잃은 삼손처럼 서 있었다. 상대방을 녹이는

---

2 갑자기 소름이 돋거나 불길한 예감이 들 때 사용하는 표현.

눈빛, 승리의 미소가 번지는 입술, 그리고 새틴 드레스와 장밋빛 화관으로 치장해 빛나는 한 소녀 때문에.

사랑스러운 자들이 넘쳐나는 가운데서도 유독 돋보이는 그녀는, 자신이 가는 곳마다 끈질기게 따라다니는 미지의 눈에서 뿜어져 나오는 암울한 광채를 의식하지 않으려 노력하며 친구들 사이를 돌아다녔다. 그런 그녀에게 그녀의 아버지는 잘 어울리지 못하는 손님에게 친절을 베풀어달라고 부탁했다. 그녀는 응접실과 접한 최근에 만든 회화 전시실로 정중하게 그를 안내했다. 그리고 대령이 이 그림, 저 그림을 선택한 특별한 이유를 그에게 설명했다. 그녀는 자존심이 허락하는 선에서 섬세하면서도 미묘하게 아버지의 부탁을 들어주는 동시에 자신만의 거리와 경계를 유지했다. 낯선 손님의 끈질긴 관심이 자신에게서 그림 쪽으로 옮겨가기를 바라면서 말이다. 콜 두는 방을 안내하는 그녀를 따라가며 그녀의 목소리를 들었다. 하지만 그녀가 하는 말은 전혀 중요하지 않았다. 그녀 역시 그의 입에서 어떤 견해나 대답이 나오기를 바라지 않았다. 그러다가 그들은 커튼이 쳐진 어둑어둑한 방 한구석의 창문 앞에 멈춰 섰다. 열린 창문 사이로 바다 외에는 아무것도 보이지 않았다. 밤에 보는 대서양 위로는 구름 저 높이 두둥실 뜬 보름달이 바다 표면 위에 은빛 궤적을 그렸다. 그 궤적은 두 세계를 가르는 한없이 신비로운 거리까지 쭉 뻗어 있었다. 이런 배경에서 다음의 장면이 펼쳐졌다.

"아버지가 직접 설계한 창문이에요. 아버지의 취향을 알 수 있지 않나요?" 젊은 여주인이 달빛을 바라보며 말했다. 창가에 선 그녀는 반짝이는 아름다움 그 자체였다.

콜 두는 아무 대답도 하지 않았다. 그러다가 갑자기 그녀에게 가슴 쪽 레이스에 꽂힌 장미 한 송이를 달라고 했다고 한다.

그날 밤 두 번째로 에블린 블레이크의 눈빛이 날카롭게 번쩍였다. 하지만 그는 자신의 아버지를 구한 은인이었다. 그녀는 꽃 한 송이를 꺾어 여왕처럼 우아하고 품위 있게 그에게 건넸다. 그 결과 그에게 장미뿐만 아니라 장미를 건넨 손마저 붙잡혔고, 그 위로 경솔한 키스가 퍼부어졌다.

그러자 그를 향한 그녀의 분노가 터져 나왔다.

"신사라면 정신이 나간 게 틀림없어요! 정신이 나가지 않았다면 신사라고 할 수 없겠지요!"

"자비를 베풀어주시오." 콜 두가 말했다. "당신을 사랑합니다. 나는 한 번도 여자를 사랑한 적이 없어요! 아!" 그녀의 얼굴에 경멸하는 표정이 번지자, 그가 울부짖었다. "나를 싫어하는군. 내 눈이 처음으로 당신 눈을 바라보았을 때 당신은 온몸을 떨었어. 나는 당신을 사랑하지만, 당신은 나를 싫어해!"

"맞아요!" 에블린은 분노 외에 어떤 것도 생각하지 못한 듯 격렬하게 울부짖었다. "당신이라는 존재는 내게 악과 같아요. 나를 사랑한다고요? 당신의 눈빛은 독과 같아요. 제발 부탁이에요. 더는 내게 이런 식으로 말하지 마세요."

"그렇다면 더는 당신을 괴롭히지 않겠소." 콜 두는 이렇게 말하고 창문으로 걸어가 거친 손으로 창문틀을 잡고 뛰어내려 그녀의 시야에서 사라졌다.

콜 두는 머리에 아무것도 쓰지 않고 산속으로 걸어 들어갔다. 하지만 집으로 향하지는 않았다. 그녀를 떠난 난 뒤 그는 동이 트고 바람이 불어 구름이 흩어질 때까지 밤새 미로와 같은 언덕들을 돌아다녔다고 한다. 아무것도 먹지 않은 채 전날 해가 뜬 후부터 걷던 그의 앞에 다행히 오두막 하나가 나타났다. 오두막으로 들어간 그는 마실 물과 몸을 뉘어

쉴 곳을 요청했다.

경야[3]가 있던 집이었다. 부엌은 밤을 지새우느라 지친 사람들로 가득했다. 노인들은 벽난로 구석에서 파이프를 피우며 졸고 있었고, 이웃의 무릎을 베고 곤히 잠든 여자가 여기저기에 있었다. 깨어 있는 사람들은 콜 두의 그림자가 문에 드리우자, 그의 사악한 이름 때문에 성호를 그었다. 하지만 한 노인이 그를 집 안으로 초대해 우유 한 잔을 주며 곧 구운 감자도 하나 주겠다고 약속했다. 그러고는 콜 두를 부엌에서 떨어진 작은 방으로 데려갔는데, 방바닥에는 헤더가 잔뜩 흩뿌려졌고, 여자 두 명만이 불을 피우며 수다를 떨고 있었다.

"여행객이오." 노인이 방 안에 있던 두 명의 여자에게 고개를 끄덕이며 말했다. 여자들 역시 고개를 끄덕였다. 마치 이렇게 말하는 듯했다. "여행객의 권리를 누려도 되는 사람이오." 콜 두는 좁은 방에서 가장 먼 구석으로 가서 헤더 위에 몸을 던져 누웠다.

여자들은 대화를 잠시 중단했다. 하지만 방에 불쑥 들어온 낯선 이가 잠이 들었다고 생각하고는 속삭이는 것보다 조금

---

3 장사 지내기 전에 관 옆에서 가까운 친척이나 친구들이 밤샘하는 일.

큰 목소리로 대화를 다시 시작했다. 방 안에는 회색빛 새벽녘이 펼쳐진 작은 창문밖에 없었다. 하지만 콜은 그 작은 창문으로 난로 근처에서 허리를 구부린 사람들을 희미하게 볼 수 있었다. 노파는 앉아서 불씨를 향해 메마른 손을 뻗고 있었고, 소녀는 난로 벽에 기대어 앉아 있었다. 소녀의 얼굴과 눈에는 생기가 돌았고, 진홍색 드레스는 불길이 깜빡일 때마다 반짝였다.

"나도 몰라요." 소녀가 말했다. "하지만 내가 들어본 결혼 중 가장 특이해요. 결혼한 지 3주도 안 돼 남자가 여자에게 독약을 먹고 죽을 만큼 싫다고 대놓고 말했다니까요!"

"얘야, 쉿!" 비밀 이야기를 하는 듯 몸을 앞쪽으로 구부린 노파가 강한 아일랜드 억양으로 말했다. "물론 우리도 그가 그랬다는 건 다 알고 있다. 그런데 그가 달리 뭘 할 수 있었겠니? 여자가 그에게 부라그 보스를 채웠는데 말이야!"

"뭘 채웠다고요?" 소녀가 되물었다.

"부라그 보스 말이다. 그건 죽음의 밧줄이라고 할 수 있지. 여자는 그걸 그에게 묶어두었다. 불쌍한 여자 같으니라고!"

노파는 몸을 흔들며 주름진 입술에서 터져 나오는 큰 소리를 막으려고 망토에 얼굴을 묻었다.

"그러니까 그게 뭐냐고요?" 소녀가 간절히 물었다. "부라 그 보스는 대체 뭐고 여자는 그걸 어떻게 손에 넣었어요?"

"아! 어린아이들이 듣기에는 좋지 않아. 하지만 아무도 듣지 못하게 조용히 말해주마! 그건 시체의 정수리부터 발뒤꿈치까지 조심스럽게 벗겨낸 피부를 의미한단다. 피부가 조금이라도 찢어지거나 갈라지면 부적의 효과가 사라져. 그 피부를 돌돌 말아 실에 걸어서 사랑을 받고 싶은 사람의 목에 두르면 상대방의 가슴에 사랑의 불꽃이 타올라. 단, 부적의 효과는 24시간 동안만 지속돼."

소녀가 몸을 벌떡 일으키더니 겁에 질린 눈빛으로 노파를 바라보았다.

"주여, 자비를!" 소녀가 외쳤다. "그렇게 끔찍한 짓을 하면 틀림없이 누구든 저주를 받을 거예요!"

"진정하렴! 실제로 그걸 만드는 사람이 있는데, 악마는 아니야. 마암 투르크의 두 개의 언덕 사이에 사는 펙시 나 피쉬로기라는 사람 못 들어봤니?"

"들어봤어요." 소녀가 숨죽이며 말했다.

"그래, 거짓말이 아니라 그 여자는 정말 그렇게 해. 돈만 주면 언제든지 하지. 살루크의 무덤에서 그녀를 찾아냈다. 그곳이 바로 그녀가 죽은 사람을 부활시킨 곳이야. 주께 영광을! 그 여자를 죽이려 했지만, 놓쳐버렸어. 그 후로 그녀를 다시는 찾을 수 없었다."

"쉿, 어머니." 소녀가 말했다. "여행객이 다시 떠나려고 준비해요! 정말 조금밖에 쉬지 않았어요!"

콜 두에게는 그 정도면 충분했다. 그는 자리에서 일어나 부엌으로 들어갔다. 부엌에서는 노인이 감자 한 접시를 구워 놓고 있었다. 그가 손님에게 앉아서 감자를 먹으라고 간절히 권했다. 콜 두는 노인의 말을 따랐다. 식사 한 끼로 기운을 차린 그는 다시 산으로 향했다. 때마침 떠오르는 태양이 폭포 사이로 반짝였고, 밤안개가 협곡을 따라 부유했다. 같은 날 해가 질 무렵 콜 두는 양치기들에게 펙시 나 피쉬로기의 오두막으로 가는 길을 물으며 마암 투르크의 언덕을 넘었다.

척박한 갈색 황야 위 겁에 질린 듯한 언덕들이 사방으로 멀찍이 날아가는 오두막에서 그는 펙시를 찾았다. 노파는 노란 얼굴 아래로 검붉은 담요를 둘렀고, 주름진 턱을 감싸는 주황색 스카프 밑으로는 지저분하게 땋은 거친 검은 머리카락이 튀어나왔다. 그녀는 약초가 끓는 냄비 쪽으로 몸을 구부리고 있었는데, 콜 두의 그림자가 문에 드리우자, 사악한 눈빛으로 그를 올려다보았다.

"원하는 게 부라그 보스요?" 콜 두가 방문한 용건을 알리자, 그녀가 말했다. "그렇군. 하지만 펙시에게 먼저 돈을 내야지. 부라그 보스는 구하기 어렵다오."

"돈은 내겠습니다." 콜 두가 1파운드짜리 금화를 의자 위에 올려놓으며 말했다.

노파가 얼른 돈을 낚아채고 껄껄 웃으며 방문객을 쳐다보았다. 콜 두마저 그 눈빛에 몸서리쳤다.

"훌륭한 사람이군." 노파가 말했다. "당신이라면 부라그 보스를 받을 만해. 하! 펙시가 부라그 보스를 주지. 하지만 이 돈으로는 어림도 없어. 더 주시오, 더!"

펙시가 짐승의 발톱같이 생긴 손을 뻗었고, 콜 두는 금화 하나를 더 떨어뜨렸다. 그러자 노파는 더욱더 소름 끼치게 기뻐했다.

"잘 들으시오!" 콜 두가 소리쳤다. "돈은 충분히 줬으니, 그 지옥의 부적이 효과가 없으면 마녀라고 생각해서 목숨을 빼앗아버리겠소!"

"효과가 없다고?" 펙시가 눈알을 굴리며 소리쳤다. "펙시의 부적이 효과가 없으면 여기로 와서 산 일부를 등에 지고 돌아가시오. 당연히 부적은 힘을 발휘할 거요. 설사 지금 그녀의 마음속에 혐오만 가득하다 해도 해가 지거나 뜨기 전에 그녀의 새하얀 영혼만큼이나 당신을 사랑하게 될 거요. (슬며시 웃으며) 그렇지 않으면 해가 지기 전에 그녀는 미치광이가 될 거야."

"이 마귀할멈 같으니. 마지막 말은 당신이 지어낸 터무니없는 거짓말이야. 미치광이가 된다는 말은 들어본 적이 없어. 돈을 더 원하면 말하시오. 다만 내게 그런 끔찍한 장난을 칠 생각은 하지도 마시오."

마녀가 교활한 눈빛으로 콜 두를 바라보았다. 흥분한 그를 보며 노파는 그가 어떤 상황에 놓였는지 단번에 파악했다.

"당신 말이 맞소." 노파가 부끄러운 듯 웃었다. "불쌍한 펙시는 그저 돈을 조금 더 받기를 원할 뿐이오."

그러면서 이번에도 그 앙상한 손을 내밀었다. 콜 두는 행여나 손이 닿을까 봐 주춤하며 탁자 위로 금화를 던졌다.

"왕이시여! 왕이시여!" 펙시가 껄껄 웃었다. "당신은 진정한 왕입니다. 부라그 보스를 받을 만합니다. 그녀는 하얗디하얀 영혼만큼 당신을 사랑하게 될 겁니다. 하, 하!"

"언제 받을 수 있습니까?" 콜 두가 조바심 내며 물었다.

"펙시에게 12일 후에 다시 오시오. 부라그 보스는 구하기 쉽지 않아. 외딴 무덤은 아주 멀리 있고 죽은 자를 다시 살리는 일은……."

"입 닫으시오!" 콜 두가 소리쳤다. "한마디도 더 하지 마시오. 당신이 만드는 그 기괴한 부적을 손에 넣어야 하지만, 그것이 무엇인지, 당신이 그것을 어떻게 구하는지는 알고 싶지 않소."

콜 두는 12일 후에 돌아온다고 약속하고 다시 길을 떠났다. 히스[4]가 무성한 곳을 조금 지나 뒤돌아보니, 새벽의 이글거리는 태양을 등진 채 펙시가 까만 언덕에 서서 그를 바라보았다. 마치 지옥 불을 뒤로한 채 서 있는 듯했다.

약속한 날에 콜 두는 약속한 부적을 받았다. 그는 부적에 향을 뿌리고 금으로 만든 천으로 덮어 정교하게 만든 사슬에 매달았다. 상심한 어머니의 보석이 들어 있던 작은 상자에 넣으니, 그 끔찍한 물건 역시 반짝이는 보석처럼 보였다. 그 사이 산속 사람들은 오두막에 불이 난 사실을 알고 저주를

---

4   황야에 자생하는 관목.

퍼부었다. 무덤 마당에 또 불경스러운 침입이 있었기 때문이다. 그들은 범인을 찾아내려고 힘을 모았다.

2주가 지났다. 대령의 오만한 딸의 목에 그 부적을 걸 기회를 어디에서 어떻게 찾을지 콜 두는 고민 했다. 펙시의 탐욕스러운 손에 더 많은 금화를 떨어뜨린 후에야 그녀는 콜 두를 도와주기로 했다.

다음 날 아침 펙시는 단정하게 차려입고, 눈처럼 하얀 모자 속으로 너저분한 머리카락을 숨기고, 얼굴에 깊게 팬 주름을 펴고는 팔에 바구니를 걸친 후 오두막 문을 잠그고 산 아래 마을로 향했다. 펙시는 자신의 불결한 직업을 포기하고 소박한 버섯 채집가로 보이려고 작정한 듯했다. 회색 집의 가정부는 매일 아침 불쌍한 뮤레이드의 버섯을 사들였다. 펙시는 매일 아침 에블린 블레이크를 위해 야생화 꽃다발을 남겼다. "하나님의 축복이 그녀와 함께하기를! 그녀는 자신의 두 눈으로 그 아름다운 여인을 직접 보기를 원했지만, 그러지 못했다오. 저 멀리서도 그 얼굴이 얼마나 아름다운지 들었다오!" 그리고 마침내 그녀는 어느 날 아침 혼자 산책에서 돌아온 에블린 블레이크를 만났다. 불쌍한 뮤레이드가 '대담하게' 그녀에게 직접 꽃다발을 전했다.

"아! 매일 아침 저에게 꽃다발을 주고 가는 사람이 당신이군요. 꽃이 정말 아름다워요."

뮤레이드는 그녀의 얼굴이 얼마나 아름다운지 한 번만 보기를 간절히 바라왔다. 이제 태양처럼 환하고 백합처럼 하얀 에블린의 얼굴을 직접 본 그녀는 바구니를 들고 만족한 채 떠날 참이었다. 하지만 그녀는 조금 더 자리에 머물렀다.

"아가씨는 높은 산에 가본 적이 있나요?" 펙시가 물었다.

"아니요." 에블린이 웃으며 대답했다. 에블린은 높은 산을 오를 수 없을까 봐 겁났다.

"그렇다면 한번 가봐야 해요. 숙녀와 신사들을 어여쁜 당나귀에 잔뜩 태우고 저 산 높이 올라가 보세요. 저 높은 곳에는 신기한 것이 많답니다!"

그렇게 펙시는 무려 한 시간이나 산 저 위쪽에 관한 멋진 이야기를 들려주며 에블린을 사로잡았다. 에블린은 우뚝 선 언덕 꼭대기를 올려다보며 이 노파가 하는 말에 일리가 있을지도 모른다고 생각했다. '어쩌면 저 위쪽에는 대단한 세상이 펼쳐져 있을지도 몰라.'

그 후 얼마 지나지 않아 에블린 블레이크를 포함한 회색 집 일행이 다음 날 산을 오른다는 소식이 콜 두의 귀에 들어왔다. 저녁쯤이면 기나긴 산행에 배가 고프고 지쳐 기력이 거의 없는 채로 콜 두의 문 앞에 나타날 예정이니, 이들을 맞을 준비를 해야 한다고 했다. 그리고 일행은 공교롭게도 소박한 버섯 채집가로 변장한 펙시와 언덕 사이의 푸른 곳에서 마주칠 테고, 그러면 펙시는 길잡이 역할을 자청할 예정이었다. 펙시는 이들을 이끌고 산을 지나 가장 험한 오르막길과 위험한 곳을 오르내리며 그곳에서 안전하게 벗어나려면 동행한 하인들이 들고 있는 식량 바구니를 버려야 한다고 말할 계획이었다.

콜 두는 서둘러 만찬을 준비했다. 구름 근처까지 음식이 쌓일 만큼 성대한 만찬이었다. 들리는 말로는 만찬의 훌륭한 음식이 수상쩍은 자들에 의해 준비되었다고 한다. 그리고 본래 요리에 필요한 불보다 훨씬 뜨거운 불에서 만들어졌다고도 한다. 황량하던 콜 두의 방에는 갑자기 벨벳 커튼과 금빛 술이 달렸고, 아무것도 없이 밋밋하던 하얀 벽은 정교하게 칠해지고 도금되었다. 벽에는 아름다운 그림들이 걸렸고, 식탁은 그릇과 금으로 가득 찼으며 귀한 유리잔으로 반짝였다. 손님들이 한 번도 맛보지 못한 와인이 넘쳐흘렀고, 얼굴에 주름이 가득한 노인이 있는가 하면 값비싼 옷을 차려입은 하인들은 멋진 요리를 나를 준비를 하고 서 있었다. 음식 냄새가 어찌나 물씬 풍기는지 독수리들이 창문으로 날아와 부리를 쪼아댔고, 여우들은 벽 쪽으로 다가와 킁킁거렸다. 아니나 다를까 때마침 지친 일행이 악마의 여인숙을 발견했고, 콜 두는 그들이 자신의 쓸쓸한 문턱을 넘도록 안으로 초대했다. 블레이크 대령은 콜 두를 보고 무척 반가워했고, 일행 모두는 콜 두가 준비한 만찬에 기쁘게 참석했다(에블린은 배려하는 마음에서 지난번 콜 두가 저지른 무례한 행동에 관해 한마디도 언급하지 않았다). 게다가 이들은 콜 두가 숨어 사는 산이 웅장하다며 크게 놀라워했다고 한다.

모두가 콜 두가 준비한 만찬 자리에 앉았다. 에블린 블레이크만 제외하고 말이다. 그녀는 현관문 쪽에서 발걸음을 옮기지 않았다. 피곤했지만 안에서 쉬고 싶지 않았고, 배가 고팠지만 안에서 먹고 싶지 않았다. 에블린은 고된 일정으로 구겨지고 더러워진 하얀 케임브릭 드레스 자락을 팔에 걸쳤다. 그녀의 불그스레한 양 볼은 햇볕에 약간 그을렸고, 작고 까만 머리의 땋은 머리카락도 조금 헝클어졌다. 그녀의 머리 위로는 산 공기가 불었고, 태양이 저물어갔다. 에블린은 손으로 모자에 달린 끈을 꼬고 발로는 문지방의 돌을 툭툭 쳤다. 그녀는 그렇게 목격되었다.

농부들이 그녀에게 와서 콜 두와 그녀의 아버지가 부디 들어오기를 바란다는 말을 전하고 잘 차려입은 하인들이 문턱까지 음식을 갖다 바쳤지만, 에블린은 한 발짝도 안으로 들이지 않고 음식에도 전혀 입을 대지 않았다고 한다.

"독이야, 독!" 그녀가 이렇게 중얼거리며 음식을 한 움큼 집어 히스에 코를 박고 있는 여우들에게 던졌다.

그러자 얼굴의 고약한 주름을 모두 없애고 소박한 버섯 채집가로 변장한 친절한 노파 뮤레이드가 굶주린 에블린 곁으로 다가와 흙으로 만든 평범한 접시에 자신이 딴 달콤한 버섯을 맛깔스럽게 담아 내주었다.

"어여쁜 아가씨, 이 불쌍한 뮤레이드가 직접 요리했어요. 이 집안사람 누구도 이 버섯을 만지거나 본 적이 없지요."

그 말에 에블린이 접시를 받아 들고는 맛있게 먹었다. 식사가 채 끝나기도 전에 심한 졸음이 몰려왔고, 두 발로 서 있기조차 힘들어진 에블린은 문턱에 주저앉고 말았다. 문틀에 머리를 기댄 그녀는 이내 깊은 잠, 혹은 최면 상태에 빠졌다. 그녀는 그렇게 발견되었다.

"변덕스럽고 고집스러운 아이 같으니!" 대령이 아름답게 잠에 취한 그녀의 머리에 손을 올리며 말했다. 그리고 그녀를 품에 안고 방으로 데려갔다. (이야기꾼들에 따르면) 그 방은 아침에는 허름하고 초라한 옷방에 불과했지만, 지금은 동양의 화려한 분위기가 물씬 풍기도록 꾸며졌다. 대령은 고급스러운 소파에 그녀를 눕히고 진홍색 이불로 발을 덮어주었다. 어제까지만 해도 투박하고 지저분했지만, 지금은 온갖 보석으로 장식한 창문을 통해 부드럽게 들어오는 빛이 에블린의 아름다운 얼굴에 떨어졌다. 그것이 그녀의 아버지가 본 에블린의 마지막 모습이었다.

대령은 다시 자리로 돌아왔고, 이후 일행은 일몰을 구경하러 밖으로 나갔다. 강렬한 석양의 잔영 때문에 언덕이 불길에 휩싸인 듯이 보였다. 일행과 어느 정도 멀어지고 나서야 콜 두는 돌아가서 망원경을 가져와야 한다는 사실을 기억해 냈다. 망원경을 가지고 오는 데 그리 오랜 시간이 걸리지는 않았다. 하지만 은밀하게 빛나는 방으로 들어가 잠든 소녀의 목에 사슬을 걸고 드레스 주름 사이로 끔찍하게 빛나는 부라 그 보스를 슬쩍 숨기고 올 만큼은 충분한 시간이었다.

콜 두가 방을 나간 후 이번에는 펙시가 몰래 다가와 방문을 살짝 열고는 망토를 두른 채 문밖 방석 위에 앉았다. 한 시간이 지났지만, 에블린 블레이크는 여전히 잠들어 있었다. 숨소리가 얕아 가슴 위에 놓인 죽음의 보석이 거의 흔들리지 않았다. 그런 후 에블린이 잠결에 중얼거리며 신음하기 시작했다. 그 소리에 펙시가 귀를 기울였다. 에블린이 잠에서 깨어났다고 생각한 펙시가 문에 난 구멍에 얼굴을 대고 안을 들여다보았다. 그러고는 당황한 듯 울부짖으며 집 밖으로 도망쳤다. 그 후 아무도 펙시를 보지 못했다.

언덕 사이로 해가 기울고 일행이 악마의 여인숙 쪽으로 다시 걸어오고 있을 때, 나머지 일행보다 훨씬 앞서 걷던 여자들이 자신들 쪽으로 걸어오는 에블렌 블레이크와 마주쳤다. 에블린은 잠을 자서 헝클어진 머리에 아무것도 쓰지 않은 채 그렇게 걸어왔다. 그러다가 그들은 에블린이 걸을 때마다 흔들리는 금빛 물체를 보았다. 일행 사이에서는 에블린이 저녁을 먹으러 들어오지 않고 문 앞에서 잠든 것에 대해 농담이 오갔고, 그들은 그녀를 이 주제에 집중시키기 위해 웃으며 다가갔다. 하지만 에블린은 그들을 이상한 눈빛으로 바라보았다. 그들을 알지 못하는 사람처럼 지나쳤다. 에블린의 반응에 마음이 상한 그들은 에블린이 환상적인 유머를 타고났다고 말했다. 무리 중 오직 한 명만이 에블린의 행동을 이상하게 여겼지만, 제멋대로인 에블린을 쓸데없이 걱정한다며 나머지 사람들의 빈축을 샀다.

그렇게 그들은 가던 길을 계속 갔고, 에블린은 홀로 걸어갔다. 하얀 옷은 햇볕에 붉게 물들었고, 죽음의 부라그 보스는 하늘의 빛에 반사되어 반짝거렸다. 토끼 한 마리가 길을 가로지르자, 그녀가 크게 소리 내어 웃고는 손뼉을 치며 토끼를 따라 뛰어갔다. 그러다가 멈춰 서서 돌들에 질문했고, 대답하지 않는다며 손바닥으로 돌들을 내리쳤다(바위 뒤에 앉아 있던 양치기가 이 기이한 장면을 목격했다). 그러고는 언덕에 메아리가 칠 정도로 새들을 거칠고 날카로운 목소리로 부르기 시작했다. 위험한 길로 돌아오던 남성 일행이 그 이상한 소리를 듣고 가던 길을 멈췄다.

"이게 무슨 소리지?" 한 명이 물었다.

"어린 독수리 소리." 안색이 변한 콜 두가 대답했다. "어린 독수리들이 저렇게 울곤 하지."

이에 누군가가 대답했다. "이상하게 여자 목소리 같았어!" 곧바로 또 한 번 날카로운 소리가 일행 위쪽 바위에서 들려왔다. 톱날처럼 생긴 산마루가 앞으로 쭉 뻗어 나왔고, 그 아래로는 심연이 펼쳐졌다. 잠시 후 일행은 에블린 블레이크의 가녀린 몸이 산마루 앞쪽으로 위태롭게 비틀거리며 걸어가는 모습을 목격했다.

"에블린!" 딸을 알아본 대령이 소리쳤다. "저런 곳에 가다니, 틀림없이 정신이 나갔어!"

"정신이 나갔어!" 콜 두도 소리쳤다. 그러고는 강한 팔다리로 온 힘을 다해 재빠르게 그녀를 구하러 뛰어갔다.

콜 두가 그녀 근처에 다다랐을 때 에블린은 거의 바위 끝에 위태롭게 서 있었다. 그는 아주 조심스럽게 그녀에게 다가갔다. 그녀가 알아차리기 전 강한 두 팔로 그녀를 붙잡아 그 위험천만한 곳에서 그녀를 멀리 옮길 생각이었다. 하지만 그 순간 고개를 돌린 에블린이 콜 두와 눈이 마주쳤다. 증오와 공포로 가득 찬 소름 끼치는 울음소리가 그녀의 입술에서 터져 나왔다. 그 소리에 그녀의 머리 위로 날던 독수리가 놀랐고, 까마귀 떼가 흩어졌다. 에블린은 한 발짝 더 뒤로 물러섰고, 죽음에 더 가까워졌다.

조심스럽지만 절박하게 한 걸음을 뗀 콜 두가 몸부림치는 에블린을 품에 안았다. 그녀의 눈을 바라본 콜 두는 그녀가 미쳤다는 사실을 알았다. 뒤로, 뒤로, 에블린이 그를 뒤로 당겼다. 하지만 그는 아무것도 붙잡을 수 없었다. 바위는 미끄러웠고, 신발을 신은 발로는 바위를 붙잡을 수 없었다. 뒤로, 뒤로! 거친 숨을 헐떡이며 위태롭게 앞뒤로 몸이 흔들렸다. 그러더니 바위가 허공에 떠 있었고, 그곳에는 아무도 없었다. 저 아래에 콜 두와 에블린 블레이크만이 산산이 부서진 채 누워 있었다.

III. 저녁 식사 시 복용할 것

거리 이름을 누가 붙이는지 아는가? 크리스마스 크래커[1]를 열어보면 나오는 설탕이 듬뿍 발린 알사탕과 더불어 들어 있는 종이에 적힌 글귀는 누가 적는지 아는가? 나는 그의 지적 능력이 부럽지는 않다. 그는 외국 오페라 책을 번역하는 사람이 아닐까? 크로메스키[2]와 같은 새로운 요리를 소개하는 사람을 아는가? (소총에서 총알이 나갈 때의 소리를 나타내는) 쾅, 핑, 쿵, 펑 등을 비롯한 신조어는 누가 만드는지 아

---

1 안에 글귀가 적힌 종이가 들어 있는 튜브 모양의 긴 꾸러미.

2 러시아식 크로켓.

는가? 조향사가 면도 비누나 샴푸를 만들면 제품을 가장 먼저 사용해 보고 리포파곤, 유세시스, 제모제, 보스트라케이슨과 같은 난해한 이름을 붙이는 현자를 아는가? 마지막으로, 수수께끼는 누가 만드는지 아는가?

마지막 질문에만 나는 '안다'라고 대답할 수 있다.

정확히 어떤 해인지 말해줄 수도 있지만, 어쨌든 현 세기에 속하는 어떤 해에 나는 어린 소년이었다. 내 입으로 말하지만, 예리한 소년이었다. 그리고 마른 소년이었다. 예리함과 마름은 종종 함께 간다. 당시 내가 몇 살이었는지는 말하지 않겠지만, 런던에서 멀지 않은 학교에 다녔다. 재킷과 주름 장식이 달린 옷을 입는 것이 일상적인, 또는 일상적이었던 그런 나이였다.

어릴 때부터 나는 수수께끼를 풀며 심오하고도 엄숙한 기쁨을 느꼈다. 수수께끼 연구에 중독되었다고 할 만큼 빠져 있었고, 수수께끼를 모으는 일에도 극도로 부지런했다. 당시 정기 간행물은 한 호에 수수께끼를 내고 다음 호에 그 답을 보여주는 것이 관례였다. 수수께끼를 주고 답이 나오기까지는 무려 7일이 걸렸다. 내게는 그 시간이 얼마나 길게 느껴지던지! 수수께끼의 답을 고민했다가 쉬었다가 (주로 고민하는 데 많은 시간을 보내기는 했지만) 하며 주중의 여가 시간을 보냈다(지금 생각하면 마를 수밖에!). 다음 호에 답이 인쇄되어 나오기 전에 이미 답을 알았다는 사실을 자랑스럽게 기억한다. 그렇게 똑똑하고 말랐던 어린 시절 중에서도 가장 똑똑하고 말랐을 때 마주한 또 다른 종류의 수수께끼가 있었다. 그 수수께끼는 그전까지 글로 봐왔던 수수께끼보다 나를 더 당혹스럽게 했다. 바로 추상적 수수께끼라고 할 수 있는 레부스다. 여러 개의 작은 목판화를 나열해 온갖 종류의 물체를 나타내는데, 도무지 무엇을 의미하는지 파악하기가 불가능하다. 때로는 알파벳의 문자가, 심지어 때로는 단어의 일부가 여기저기에서 발췌되어 혼란을 가중한다. 예를 들어보자. 펜을 고치는 큐피드, 석쇠, 알파벳 x, 악보의 마디, p.u.g, 그리고 파이프가 나열된 그림이 어느 토요일에 주어지고 다음 주 토요일에 이 이상하고 멋지게 뒤죽박죽 섞인 것이 무엇을 의미하는지 답을 발표한다. 그렇게 답이 나오지만, 답과 함께 전보다 더 심각한 어려움이 찾아온다. 새장, 석양(알아보기 힘듦), 'snip'이라는 단어, 요람, Buffon이라는 어렵디어려운 이름을 가진 네발 달린 짐승. 나는 이런 문제를 풀지 못했다. 살면서 이런 종류의 수수께끼를 푼 적은 단 한 번뿐이다. 내가 어떤 수수께끼를 풀었는지 곧 보게 된다. 나는 시적인 수수께끼도 잘 풀지 못했다. "나의 첫 번째는 보아뱀, 두 번째는 고대 로마 릭토르, 세 번째는 성당의 관리기관이다. 그리고 나의 전체는 항상 발끝을 들고 다닌다"처럼 다소 억지스러운 수수께끼에 약했다. 내게는 너무 어려운 수수께끼였다.

한 번은 내가 지금까지 간행물에서 봐왔던 어떤 레부스보다 훨씬 잘 만들어져서 상당히 놀란 레부스가 있었다. 우선 A라는 글자가 주어졌고, 다음에는 긴 가운을 입고 지팡이와 작은 주머니를 들고 새조개 껍데기가 달린 모자를 쓴 고결한 남자가 나왔고, 그다음에는 흰머리에 수염을 휘날리는 몹시도 나이 든 사람이 뒤를 이었고, 그다음에는 숫자 2가, 그리고 마지막은 다섯 개의 빗장을 지른 문을 바라보는 목발을 짚은 신사였다. 그 레부스는 정말 나를 괴롭게 했다. 내가 그 레부스를 처음 본 곳은 방학 때 방문한 바닷가 도서관이었는데, 다음 호가 나왔을 때는 방학이 끝나서 이미 학교로 돌아왔다. 그 레부스가 실린 간행물은 내 형편으로 감당하기 어려울 만큼 비싸서 답을 볼 방법은 전혀 없었다. 반드시 알아내리라 마음먹고도 그림 중 하나를 잊어버릴까 봐 순서대로 그 기호와 그림을 옮겨 적었다. 그 과정에서 한 가지 그림이 번쩍 떠올랐다. A - 순례자(Pilgrim) - 나이(Age) - 2(To) - 불구(Cripple) - 문(Gate)[3]. 아, 이것이 정답일까? 과연 내가 이 수수께끼를 정복했을까? 아니면 또 실패했을까? 이 수수께끼에 대한 불안은 극에 달했고, 마침내 나는 그 끔찍한 레부스를 낸 간행물 편집자에게 편지를 쓰기로 했다. 나를 제발 불쌍히 여겨 내 마음의 짐을 덜어달라고 말이다. 하지만 답장은 받지 못했다. 어쩌면 편지를 쓴 사람들에게 보내는 공지에 그 답이 있었을지도 모르지만, 그 글을 보려면 다음 호를 사야 했다.

내가 이 일을 이렇게 구체적으로 말하는 이유는 이후에 겪은 작은 사건에 적지 않은 영향을 미쳤기 때문이다. 문제의 사건은 바로 필자가 직접 수수께끼를 만들게 되었다는 것이다. 점판암에 수수께끼를 만들었다가 지웠다가 다시 쓰는 과정을 반복하며 무척 어렵게 구성했다. 단어를 어떻게 배치할지 머리 아프게 고민했다. 하지만 마침내 해냈다. '왜?'라고

3 　이어보면 A Pilgrim to Cripplegate로 '순례자가 크리플게이트로 간다'라는 의미가 된다. 크리플게이트는 영국 런던시를 둘러싸던 런던 장벽의 문을 의미한다.

단어를 마지막으로 수정했다. "이 식당에서 고기보다 먼저 나오는 푸딩을 공짜로 먹은 젊은 신사는 왜 유성과 닮았을까? 그 신사는 유성처럼 눈이 부시기 때문이지요!"[4]

좋은 수수께끼이지 않은가! 흐름과 구성이 전혀 부자연스럽지 않고, 확실히 소년기에만 느끼는 불만을 바탕으로 한다. 교육 기관에서 고기가 나오기 전에 푸딩을 내놓아 학생들의 입맛은 물론 체질도 망치는 오래전의 관습을 주제로 하기에 역사적인 측면도 있다.

기름지고 쉽게 삭아버리는 점판암에 수명이 길지 않은 점판암 연필로 새긴 수수께끼지만, 내 수수께끼는 살아남았다. 반복되었고 유명해졌다. 학교 전체에 퍼졌고 마침내 선생님의 귀까지 들어가게 되었다. 상상력이라고는 찾아볼 수 없는 그 작자는 순수 예술에 대한 감각도 없었다. 그에게 불려 간 나는 그 예술 작품이 내 머리에서 나왔는지 심문받았다. 그렇다고 대답한 후 나는 머리를 한 대 꽤 아프게 맞았고, 아주 구체적인 벌을 받았다. 내가 수수께끼를 쓴 바로 그 점판암에

---

4 배부른 신사'를 뜻하는 a full gent와 '눈이 부신'을 의미하는 effulgent를 활용한 말장난.

'위험한 풍자'라는 단어를 무려 2천 번이나 새기는 벌이었다.

나를 항상 무익한 존재로 취급하는, 예술을 감상할 줄도 모르는 괴물의 이런 횡포에도 내가 지금까지 언급한 분야에서 두각을 나타낸 위대한 천재들을 향한 나의 경외심은 나이가 들수록 커져만 갔다. 수수께끼가 건전한 정신을 가진 사람들에게 얼마나 큰 즐거움과 황홀함을 선사하는지 생각해 보라! 상대가 새로운 수수께끼에 놀랄 때, 그 수수께끼를 낸 사람이 얼마나 때 묻지 않은 승리감에 도취하는지 생각해 보라. 그만이 정답을 알고 있다. 그는 영광스러운 자리에 앉아 있다. 차분하고 평안한 미소를 지으며 모두를 애타게 만든다. 그가 자비를 베풀기를 모두가 기다린다. 그는 행복한 사람이다. 순수하게 행복한 사람이다.

수수께끼는 도대체 어떤 사람이 만드는가?

바로 나다.

그런 내가 대단한 미스터리를 보여줄 것인가? 그런 내가 풋내기들을 발 들이게 할 것인가? 그런 내가 이것을 어떻게 하는지 세상에 알릴 것인가?

그렇다. 그럴 것이다.

기본적으로 사전의 힘이 크다. 이 일을 하는 데 사전을 참조하는 과정은 머리에 과부하가 걸릴 만큼 상당히 어려운 일이다. 처음에는 한 번에 15분 이상 작업할 수 없다. 이 과정은 엄청나다. 우선 머리가 완전히 맑은 상태로 정신을 바짝 차려야 한다. 이때 머리카락을 손가락으로 빗어 내리는 것이 효과적이다. 그러고는 사전을 꺼내 특정한 글자를 찾는다. 페이지를 훑어 내려가며 조금이라도 가능성이 있는 단어가 보일 때마다 멈춘다. 화가가 그림을 더 잘 보기 위해 뒤로 조금 물러나듯이 뒤로 물러난다. 단어를 비틀어도 보고 돌려도 본다. 그래도 아무것도 나오지 않으면 다음 단어로 넘어간다. 다른 품사보다 활용도가 높은 체언은 특별한 주의를 기울여 살펴보아야 한다. 뜻이 두 개인 단어의 경우, 상태가 나쁘거나 특별히 운이 좋지 않은 이상 반드시 활용한다.

수수께끼를 만드는 날이라고 가정해 보자. 그리고 수수께끼의 성공 여부에 저녁 식사가 달렸다고 생각해 보자. 사전을 꺼내 무작정 아무 페이지나 펼친다. F로 시작하는 페이지가 나왔다. 이제 작업을 시작한다.

위에서 아래로 훑어 내려가며 몇 번 멈춘다. Felt라는 단어를 보고는 자연스럽게 멈칫한다. Felt는 동사인 Feel의 과거 분사고, 모자를 만드는 데 흔히 사용하는 소재(펠트)이기

도 하다. 골똘히 생각해 본다. 모자를 만드는 사람은 왜, 아
니 모자를 만드는 사람은 어떻게 배려심이 많은 사람으로 보
일까? 왜냐하면 그는 항상 펠트, 아니, 말이 안 돼. 다음 단
어로 넘어간다. Fen으로는 페니언 형제단(Fenian Brother-
hood)을 활용할 적절한 기회다. 해볼 만하다. 필사적으로 무
언가를 만들어내려고 한다. Fen은 습지를 의미한다. 습지 안
에는 진흙이 있다. 아일랜드 반군은 왜 진흙에 빠질 수밖에
없었을까? 왜냐하면 페니언 운동이었기 때문이다. 말도 안
된다! 다른 의미를 찾아보자. Fen은 Morass[5], More-ass라
고도 쓴다. 아일랜드 반군은 왜 악당보다 악랄할까? 이번에
도 안 될 듯하다.

　우울하지만, 끈기 있게 Fertile이라는 단어에 도달할 때까
지 노력한다. Fer-tile. Tile. 모자. 왜 비버로 만든 모자는 좋
은 농작물을 수확하는 땅 같을까? 왜냐하면 Fertile(Fur-tile)
하기 때문이다.[6] 이 정도면 봐줄 만하다. 최고는 아니지만,

---

5 늪.

6 털을 의미하는 Fur, 그리고 모자를 의미하는 Tile을 합쳐 '비옥한'을 의미하
는 Fertile을 활용한 말장난.

쓸 만하다. 수수께끼를 만드는 과정은 낚시와 비슷하다. 작은 송어를 낚기도 하고 큰 송어를 낚기도 한다. 이번에는 작은 송어지만, 바구니 안에 넣자. 이쯤 되면 작업에 꽤 익숙해졌다. 이제 Forgery까지 왔다. 이번에도 비슷하다. Forgery, For-gery——For Jerry. 고차원의 복잡한 수수께끼를 만들어야 한다. 아주 정교하고 콜리지(Coleridge)[7] 스타일의 작품 같은 수수께끼 말이다. 왜, 아니 만약 제레미아라는 어린 아들을 둔 신사가 디저트를 먹으며 주머니에 배를 넣고는 그 과일은 사랑하는 아들을 위한 것이라고 말했다면, 그가 사형감이 될 수도 있는 중범죄를 저지른 이유를 무엇이라고 설명했을까? 왜냐하면 그것은 Forgery 즉, For Jerry이기 때문이다.[8] 이번에도 바구니에 넣자.

이 일을 하다 보면 꼭 엎친 데 덮친 격이다. 또 비슷한 종류의 복잡한 단어다. Fungus! 가정교육을 잘 받고 자란 한 여성이 운동을 하며 사촌 아우구스투스를 라일락과 하얀 양

---

7 영국의 시인이자 비평가.

8 Jeremiah를 애칭으로 Jerry라고 부르기도 하는데, '위조'를 의미하는 Forgery를 For Jerry로 변형한 말장난.

산으로 찔러 다치게 했다면, 그녀는 우스꽝스럽게 사과하며 어떤 야채를 언급할까? 바로 Fungus. Fun Gus![9] 이번에도 바구니 행이다.

F를 모두 훑고 나서는 잠깐 쉬기로 한다. 정신을 다시 가다듬고 사전을 다시 펼친다. 이번에는 C로 시작하는 단어들이 가득 펼쳐진다. Corn이라는 단어를 보고는 희망에 가득 차 잠시 멈칫한다. Corn은 두 가지 의미가 있다. 이 점을 활용해 수수께끼를 만들어야 한다. 이번에는 조금 특이한 경우다. 규칙에 따라 수수께끼를 만들어보기로 한다. 천재가 아니어도 좋다. 두 가지 의미가 있으니 모두 사용하기로 한다. 기계적인 과정일 뿐이다. 농작물을 수확하는 사람은 발 치료사와 어떤 면에서 비슷한가? 둘 다 corn을 다룬다.[10] 규칙에 따라 만들어진 수수께끼는 실패할 수 없다. 하지만 그다지 흥미롭지는 않다. 하지만 이 규칙을 C로 시작하는 단어에 적용하기에는 적절하지 않아서 B로 시작하는 단어에 적

---

9 아우구스투스(Augustus)를 애칭으로 Gus라고 부르는 점을 활용해 곰팡이를 의미하는 Fungus를 Fun Gus로 변형한 말장난.

10 Corn은 옥수수와 티눈 모두를 의미한다.

용해 본다. 어쩌다가 Bring이라는 단어를 마주치고는 멍하니 그 단어를 바라본다. 그러다가 갑자기 살아난다. Bring, Brought, Brought up. Brought up으로는 무언가가 될 듯하다. 마리아가 부엌에서 2층으로 옮긴 석탄통은 어떤 면에서 돌봐야 하는 갓난아기 같을까? 손으로 brought up 되기 때문이다.[11] 한번 시도해 보기로 한다. 이번에는 H로 시작하는 단어에 희망을 걸어본다. H로 시작하는 단어들을 유심히 읽는다. 그러다가 Horse라는 단어를 본다. 구두쇠의 마차에 연결된 말은 어떤 면에서 오늘날의 증기 군함과 같은가? 둘 다 screw가 필요하다.[12] 또 다른 단어로 해볼까? Hoarse. 항상 목이 아픈 가족은 어떤 점에서 더비 말 경주와 비슷한가? 둘 다 hoarse-race (horse-race)다.[13]

하지만 항상 이렇게 풀리는 것은 아니다. 사전이 늘 이렇게 수수께끼를 만드는 데 큰 도움이 되지는 않는다. 어려운

---

11   아기를 키우는 것을 bring up이라고 하고, 석탄통을 2층으로 옮기는 것도 bring up이라고 하는 점을 활용한 말장난.

12   screw는 나사 외에 구두쇠를 의미하기도 하는데, 이를 활용한 말장난.

13   말을 뜻하는 horse와 목이 쉬었다를 뜻하는 hoarse의 발음이 같은 점을 활용한 말장난.

일이다. 지치는 일이다. 무엇보다 끝이 없다는 점이 최악이다. 어느 정도 시간이 지나면 휴식을 취하는 순간에도 수수께끼에 관한 생각을 떨칠 수 없게 된다. 아니, 그보다 더 심해진다. 다시는 잡을 수 없는 좋은 기회를 놓칠까 봐 항상 수수께끼를 만들어야 한다는 압박감에 시달린다. 끊임없이 풍자적인 글을 만들어내야 하기 때문에 지친다. 연극을 보러 가거나, 신문을 읽거나, 방 한구석에서 정말 좋은 소설 한 편을 읽어도 수수께끼를 만드는 업에서 벗어나지 못하고 괴로워한다. 연극 무대 위에서 오가는 대화를 들으며, 소설 속 글귀를 읽으며 혹시 무언가 얻어낼까 해서 항상 귀와 눈을 열고 있어야 한다. 끔찍하고 무시무시한 업이다! 일주일간 담요를 덮고 오르막길을 달리거나 터키식 목욕을 제대로 하는 것보다 수수께끼를 만드는 작업이 몸에서 불필요한 살을 덜어내는 데 훨씬 효과적이다.

게다가 풍자적 문학을 만드는 사람은 시장에 작품을 내놓으면서도 많은 일을 겪는다. 글을 공유하는 데는 공적인 방법과 사적인 방법이 있다. 하지만 이런 글은 대중의 수요가 크지 않으며 반응이 호의적이라고도 할 수 없다. 레부스나 수수께끼를 매주 발행하는 간행물도 많지 않다. 간행물을 운영하는 측도 이런 특이한 글을 그다지 원하지 않는다. 레부스나 수수께끼를 들고 오랜 시간 사무실 문을 두드려야 하고, 지면에 공간이 있으면 나가고 그렇지 않으면 빛을 보지 못한다. 어쩌다가 자리를 잡으면 그 공간은 항상 보잘것없는 곳이다. 종이 맨 아래 또는 맨 마지막 페이지의 몇 줄을 차지할 뿐이다. 체스에서 백색 말이 네 수만에 체크메이트를 외치듯이 어쩔 수 없는 게임이다. 내가 만든 수수께끼 중 최고라고 간주하는 수수께끼는 내가 사무실 문을 두드리고 6주 후에야 대중 앞에 선보였다. 이런 수수께끼였다. 항상 아무것도 아닌 것에 관해 장황하게 말하는 작은 남자는 어떤 면에서 새로운 종류의 소총과 같을까? 답: 그는 small bore이다.[14]

이 수수께끼를 통해 나처럼 풍자 글을 쓰는 작가가 공적인 방법뿐만 아니라 사적인 방법으로도 글을 판다는 사실을 알게 되었다. 물론 나는 그의 이름을 알지만, 자신의 이름을 밝히지 않은 한 신사가 그 수수께끼가 실린 다음 날 간행물 사무실로 전화를 걸어 작가의 이름과 주소를 물어보았다. 내가

14　small bore은 작은 남자를 뜻하기도 하지만, 소구경 총을 뜻하기도 한다

신세를 많이 진 친구이자 간행물의 부편집장이 그에게 내 정보를 전했다. 어느 날 익살맞은 눈빛에 입가에는 장난기가 맴도는 몸집이 다소 큰 중년의 신사—하지만 내 친구는 유머 센스라고는 찾아볼 수 없는 자이기에 그대로 믿을 수는 없다—가, 어쨌든 그 신사가 계단을 헐떡이며 올라와서는 자신을 천재를 찬미하는 사람이라고 소개했다. 그가 정중하게 손을 흔들며 "그렇기에"라고 덧붙이고는 "소생"이라고 말하며 혹시 시간이 날 때마다 자신에게 수수께끼든, 서사시든, 짧게 효과적으로 이야기할 단편 소설이든 풍자적인 글을 제공해 줄 수 있는지 물어보았다. 모든 글은 완전히 독창적이어야 하며 전적으로 자신을 위해서만 만들어지고 제공되어야 한다고 했다. 다른 누군가가 어떤 대가를 지불해도 그 글을 주어서는 안 된다고 하면서 말이다. 그 신사는 대가를 아주 후하게 쳐줄 준비가 되었다고 덧붙였다. 실제로 그가 말한 조건을 듣고 나는 내 눈이 그렇게 크게 떠지는지 그때 처음 알았다.

나는 그 신사를 프라이스 스크루퍼 씨라고 부른다(당연히 그의 진짜 이름은 아니지만, 그의 이름과 비슷하다). 나는 곧 프라이스 스크루퍼 씨가 왜 그런 부탁을 했는지 알게 되었다. 그는 사교 모임 단골 인사로 무슨 수를 써서라도 위트 있는 대화를 주도하고 툭 치면 언제든 세상 돌아가는 일을 바로 말하는 그런 사람이었다. 무엇보다 그는 외식을 좋아했고, 식사 자리에 초대받는 일이 줄어드는 것을 가장 두려워했다. 그렇게 나와 그의 관계는 정립되었다. 나는 풍자 글을 쓰는 작가, 프라이스 스크루퍼 씨는 외식을 즐기는 사람으로 말이다.

그가 나를 방문한 날 바로 그에게 좋은 글 한두 개를 준비해 주었다. 내가 아주 어릴 때 아버지에게 들은 것으로 기억하는 이야기, 아주 오랫동안 기억 저편에 묻어두었던 이야기를 그에게 주었다. 수수께끼도 한두 개 제공했는데, 너무 형편없어서 수수께끼 만드는 일을 업으로 하는 사람이 썼다고 하기에는 믿을 수 없을 정도였다. 얼마간 나는 그를 풍자시에 능숙한 사람으로 만들어주었고, 그는 내가 생계를 이어가도록 해주었다. 그렇게 우리는 서로에게 득이 되는 관계가 되었다.

우리 사이의 상업적 거래는 이렇게 만족스럽게 성립되었고, 나는 꾸준히 자주 그에게 글을 전달했다. 물론 모든 인간관계가 그렇듯 대개는 만족스러웠지만, 종종 불편한 요소

들이 있기도 했다. 스크루퍼 씨는 간혹 내가 제공한 글에 위트가 없다고 불평하곤 했다. 한 마디로 돈값을 못 한다는 말이었다. 내가 뭐라고 대답할까? 그건 내 잘못이 아니라 그의 잘못이라고 말할 수는 없었다. 대신 아이작 월튼이 언급한 성직자에 관한 이야기를 들려주었다. 그 성직자는 동료 성직자의 설교를 듣고 굉장히 감동한 나머지 그에게 그 설교를 빌려달라고 요청했다. 하지만 그 설교를 다른 동료 성직자에게 들려주고 돌아온 그가 전혀 효과가 없었다고 불평했다. 청중이 자신의 설교에 전혀 반응하지 않았다고 했다. 설교의 원래 주인이 내놓은 대답이 압권이었다. 그는 "나는 자네에게 바이올린을 빌려주었지 활까지 빌려준 건 아니네." 아이작은 굳이 이렇게 덧붙였다. "바로 설교를 전달하는 방식과 지성을 의미하지."

내 친구는 내가 이 이야기를 통해 무슨 말을 하려는지 이해하지 못한 듯했다. 내가 이야기하는 동안 오히려 그는 그 이야기를 나중에 사용하려고 기억하는 데 몰두하는 듯했다.

사실 스크루퍼 씨는 원래도 만회하기 어려운 단점이 많았지만, 시간이 지날수록 더 늙어가고 멍청해지는 중이었다. 이야기의 요점이나 수수께끼의 답을 잊어버리거나 잘못 이해하는 경우도 늘어났다. 그럼에도 나는 그만의 특이한 상황에 내 글을 활용하도록 열심히 노력했다. 그는 외식을 자주 하기에 식사의 즐거움과 관련한 유쾌한 수수께끼를 자주 요구했다. 나는 만족스러운 결과물을 안겨주었다. 그에게 꽤 큰 비용을 청구했던 몇 가지 수수께끼가 있다.

와인에 관한 이 수수께끼가 얼마나 저녁 식사에 어울리는지 참고하기를 바란다. 영국 시장을 겨냥한 와인은 어떤 면에서 군대 탈영병과 비슷한가?

둘 다 브랜드가 붙는다.[15]

목적지에 도착하기 전 궂은 날씨를 만난 배는 어떤 면에서 로그우드와 유사한 물질로 변질된 와인과 비슷한가?

Port에 들어오기 전 많은 일을 겪는다.[16]

여성의 드레스 장식 테두리 중 어느 부분이 최고의 동인도산 셰리와 비슷한가?

---

15 Brand는 상표가 붙는다는 의미와 낙인을 찍는다는 의미를 모두 가지고 있는데, 이를 활용한 말장난이다.

16 Port는 항구라는 의미도 있지만, 포트와인을 의미하기도 한다.

케이프를 감싸는 부분이다.[17]

스크루퍼 씨는 자신의 의사나 변호사를 대하는 만큼 나에게 솔직했다. 그가 말하기를 가장 큰 어려움은 어떤 집에 어떤 이야기를 들려주었는지, 또는 어떤 수수께끼를 냈는지 기억하는 것이었다. 누구에게 수수께끼를 냈는지 기억하기가 무척 어렵다고 말했다. 스크루퍼 씨는 종종 수수께끼를 내지도 않고 바로 답부터 물어보는 습관이 있어서 듣는 사람을 혼란스럽게 했다. 그렇지 않으면 제대로 수수께끼를 내고 상대가 답을 고민하다가 포기하면 완전히 다른 수수께끼의 답을 알려주기도 했다.

어느 날 스크루퍼 씨가 무척 화가 난 상태로 나를 찾아왔다. 매우 독창적인 수수께끼를 주었기에 높은 가격을 불렀고, 나 또한 그 수수께끼가 참 괜찮다고 생각하던 참이었다. 하지만 그 수수께끼가 전혀 효과가 없었다며 스크루퍼 씨가 분노에 가득 차 나를 찾아왔다.

"아주 처참하게 망했네." 그가 말했다. "몹시도 무례한

---

17 Cape는 망토를 의미하기도 하지만, 아프리카 남쪽 끝에 위치한 Cape of Good Hope를 의미하기도 한다.

어떤 사람은 그 수수께끼가 잘못되었다고 말할 정도였어. 내가 만든 수수께끼라고 생각했을 텐데, 어떻게 그렇게 무례하게 말하지? 내가 만든 수수께끼를 내가 어떻게 잘못 이해해?"

나는 정중히 물었다. "혹시 어떻게 질문했는지 말해줄 수 있습니까?"

"물론이지. 이렇게 말했네. '우리는 왜 메카로 향하는 순례자들이 금전적인 이유로 여행을 떠난다고 생각할까요?'"

"거기에 뭐라고 대답했나요?"

"당신이 말한 대로 '마호메트를 위해 가기 때문입니다'라고 했네."

"놀랍지도 않군요." 그가 부당하게 화를 냈다고 생각한 내가 차갑게 말했다. "들어보니 상대는 그렇게 말할 법했습니다. 내가 당신에게 준 답은 '예언자(Prophet)를 위해 가기 때문입니다'이지 않습니까!"[18]

스크루퍼 씨는 곧 사과했다.

---

18 예언자를 뜻하는 Prophet과 금전적 이득을 뜻하는 Profit의 발음이 비슷한 점을 활용한 말장난.

내 이야기는 끝을 향해 간다. 리어왕의 마지막 모습처럼 그 끝은 고통스럽다. 최악은 애통하게도 내 약점을 인정해야 한다는 점이다.

그즈음 스크루퍼 씨에게서 얻는 수입은 매우 적었다. 어느 날 아침, 그때와 마찬가지로 전혀 낯선 사람이 방문했다. 지난번처럼 중년의 신사였는데, 반짝이는 눈빛과 할 말이 많은 듯한 입을 가졌고, 식사 자리를 즐기는 사람이었다. 그리고 성이 두 개였다. 커비 포스틀스웨이트 씨라고 하자. 그를 이렇게 부르는 것이 다소 위험할 수 있지만 말이다.

내 글을 사기 위해 긴 계단을 끝까지 올라온 스크루퍼 씨와 마찬가지로 커비 포스틀스웨이트 씨도 그런 목적으로 날 찾아왔다. 어떤 간행물에서 내 글을 보았다고 했다(그 당시 나는 여전히 대중 언론 쪽에서도 일하고 있었다). 그도 식사 자리에서 특정한 평판을 얻기를 원했지만, 이제는 머리가 잘 돌아가지 않는다고 했다. 프라이스 스크루퍼 씨와 정확히 동일한 제안을 하러 내게 왔다.

그 특이한 우연의 일치에 나는 숨이 멎을 듯했다. 나는 말문이 막혀 그저 그 방문객을 바라만 보았는데, 그는 내게서 훌륭한 것이라고는 아무것도 줄 수 없는 사람이라는 인상을 받았을지도 모른다. 나는 곧 정신을 차리고 매우 방어적이고 조심스럽게 말을 시작했다. 그리고 마침내 나는 그를 새로운 고용주로 맞이할 준비가 되었다는 의사를 표했다. 커비 포스틀스웨이트 씨는 프라이스 스크루퍼 씨보다 조건에서 훨씬 개방적이라 계약은 쉽게 맺어졌다.

유일하게 어려웠던 점은 그가 원하는 바를 충분히 빠르게 공급하는 것이었다. 그는 늘 재촉했다. 나를 찾아온 그날 저녁에도 저녁 만찬에 참석할 예정이었는데, 그 자리에서 돋보이는 것이 무척이나 중요했다. 특별한 자리였다. 돈에 관해서는 까다롭게 굴지 않았지만, 상당히 대단한 것을 원했다. 수수께끼인데, 완벽하게 독창적인 수수께끼를 최대한 빨리 달라고 했다.

모든 소지품과 책상을 샅샅이 뒤져 수수께끼를 주었지만, 그는 만족하지 못했다. 그러다가 갑자기 어떤 생각이 번쩍 떠올랐다. 바로 그날의 주제를 암시하는 수수께끼, 그날 모두의 입에 오르내린 이야기로 수수께끼를 만드는 것이었다. 이미 모두가 알 법한 이야기니, 수수께끼를 꺼내기도 어렵지 않으리라. 다시 말해, 상당히 깔끔한 수수께끼다. 하지만 한 가지 의문이 들었다. 혹시 내가 이전 고용주에게 그 수수께끼를 팔았던가? 그것이 문제였다. 그리고 그 질문에 나는 확실하게 답할 수 없었다. 나 같이 수수께끼에 집착하는 사람의 삶은 혼란스러울 수밖에 없고, 내 경우는 더욱더 그렇다. 대중과 개인 모두를 상대로 수수께끼를 파니 말이다. 나는 장부도 없었고, 업무상 거래를 기록으로 남기지도 않았다. 아직 그 수수께끼가 누구의 손에도 들어가지 않았다고 확실하게 믿게 된 이유가 하나 있었는데, 스크루퍼 씨에게 그 수수께끼의 성공 또는 실패 여부에 관해 어떤 정보도 얻지 못했다는 점 때문이었다. 스크루퍼 씨는 그런 중요한 일이라면 꼭 내게 말하는 사람이다. 의심스러웠지만, 결국 (새 후원자가 제시한 조건에 따라) 내 생각을 확실히 믿고 가히 예술이라 할 만한 그 작품을 커비 포스틀스웨이트 씨에게 넘겨주기로 했다.

그 거래 후 마음이 편안했다고 하면 거짓말이다. 마음은 끔찍한 불안으로 가득 찼고, 과거로 돌아간다면 내가 한 일을 되돌리고 싶었다. 하지만 그런 일은 일어날 수 없다. 새로운 고용주를 어디에서 찾을지도 몰랐다. 그저 기다리며 최선을 다해 낙관적인 생각을 할 수밖에 없었다.

새로운 후원자가 나를 처음 방문한 날의 다사다난했던 저

녁에 관해 나의 두 후원자에게서 정확하게 다시 들었다. 그들은 그날 저녁에 있었던 사건의 주인공이었다고 했다. 그들은 다음날 화가 잔뜩 난 채로 내게 와서 무슨 일이 일어났는지 말해주며 그 유감스러운 일의 가장 큰 원인으로 나로 지목했다. 둘 다 정말 불같이 화를 냈지만, 좀 더 최근에 알게 된 포스틀스웨이트 씨가 특히 더 분개했다.

포스틀스웨이트 씨의 진술에 따르면 그는 그날 저녁 손님으로 초대받은 집에 적당한 시각에 도착했고, 집주인이 대단한 인물이라고 내게 말했다. 자리에 참석한 일행 역시 저명 인사들이었다. 포스틀스웨이트 씨는 자신이 마지막 손님이 되리라 예상했지만, 스크루퍼 아니면 프라이스 그런 비슷한 이름을 가진 사람이 아직 도착하지 않았다는 소식을 들었다. 곧 그가 도착했고, 포스틀스웨이트 씨는 모두가 저녁 식사를 위해 자리를 옮겼다고 말했다.

식사 자리는 굉장했다고 한다. 하지만 이에 관해서는 길게 이야기하지 않으련다. 그 자리에 참석한 두 신사는 계속해서 대립각을 세웠다. 둘 다 내게 공통되게 이야기하기를 식사 내내 서로의 말을 반박했고, 상대의 말에 끼어들고, 말을 끊었다고 한다. 결국 함께 음식을 나누는 기독교 신사들 사이에서는 보기 힘든 증오까지 느끼게 되었다. 아마 이 두 사람은 한 번도 만난 적이 없지만, 서로를 '사교 모임을 즐기는 사람'이라고 들었고, 그때부터 서로를 싫어하기로 마음먹었으리라.

포스틀스웨이트 씨의 이야기를 귀 기울여 듣다 보니, 한 가지 사실을 알 수 있었다. 나의 첫 후원자의 행동 때문에 머리끝까지 화가 났지만, 그는 적당한 순간이 오면 경쟁자를 상대로 쿠데타를 일으킬 무기가 있다고 생각하며 위안을 삼았다. 바로 그 무기는 내가 준 수수께끼, 그날 저녁 식사의 대화 주제와 맞는 수수께끼였다.

그 순간이 마침내 왔다. 이 이야기를 하면서 나는 지금도 떨고 있다. 식사가 끝나고 와인 한 병을 모두가 나눠 마셨다. 커비 포스틀스웨이트 씨가 노련한 연기자처럼 교묘하게 대화를 '그 주제'로 돌리기 시작했다. 그의 자리는 나의 첫 후원자인 프라이스 스크루퍼 씨와 매우 가까웠다. 포스틀스웨이트 씨는 가까이 자리한 그 신사 역시 대화를 '그 주제'로 돌리고 있다는 사실에 무척 놀랐다. "혹시 내가 그 주제를 말하고 싶다는 것을 눈치채고 나와 한패가 되어주는 것인가?" 포스틀스웨이트 씨는 생각했다. "어쩌면 그리 나쁜 사람은 아닐지도 몰라. 나도 다음에 그를 위해 그렇게 하지." 그의 우호적인 태도는 오래가지 않았다. 곧 상황이 말도 안 되게 돌아갔다! 두 사람의 목소리가 동시에 울려 퍼졌다.

프라이스 스크루퍼 씨: "오늘 아침 그 주제를 생각하다가 마침 수수께끼 하나가 떠올랐습니다."

커비 포스틀스웨이트 씨: "오늘 아침 난데없이 그 일과 관련해 수수께끼가 생각났습니다."

(동시에 이야기 중)

서로의 말을 가로막은 둘은 조용해졌다.

"실례합니다만, 뭐라고 말했죠." 나의 첫 번째 후원자가 정중하지만 분노가 서린 목소리로 말했다.

"수수께끼를 하나 만들었다고 했습니다." 두 번째 후원자가 대답했다. "그쪽도 아마 비슷한 것을 했다고 말한 듯한데요?"

"그렇습니다."

식탁 주위로 침묵만 흘렀다. 그러다가 어떤 저명인사가 침묵을 깨고 이렇게 말했다. "이 얼마나 기이한 우연입니까!"

"그렇고말고요." 식사를 주최한 집주인이 외쳤다. "그중 하나를 들어보지요. 스크루퍼 씨, 당신이 먼저 말한 듯한데요."

"포스틀스웨이트 씨, 나는 당신의 수수께끼가 듣고 싶어요." 그날 자리에 참석한 사람 중 포스틀스웨이트 씨를 가장 좋아한 안주인이 말했다.

이 상황에서 두 사람이 멈칫하더니 갑자기 입을 열었다. 그러자 다시 두 목소리가 겹쳐 울려 퍼졌다.

프라이스 스크루퍼 씨: "현재 대서양을 관통하는 해저 케이블은 왜⋯."

커비 포스틀스웨이트 씨: "현재 대서양을 관통하는 해저 케이블은 왜⋯."

(동시에 이야기 중)

그러자 자리에 함께한 손님들이 크게 웅성거리기 시작했다. "우리 수수께끼가 비슷한 듯합니다?" 포스틀스웨이트 씨가 스크루퍼 씨를 매섭게 바라보며 씁쓸하게 말했다.

이에 스크루퍼 씨는 이렇게 말했다. "내가 들어본 것 중 가장 놀라운 일입니다!"

"재치가 뛰어나십니다." 이 일을 '기이한 우연'이라 칭한 저명인사가 말했다.

"어서 그중 하나를 들려주세요." 집주인이 외쳤다. "시작은 같아도 끝이 다를 수 있잖아요. 스크루퍼 씨가 먼저 말해

보세요."

"그래요. 둘 중 하나라도 끝까지 들어봐요." 안주인이 말
하며 포스틀스웨이트 씨를 바라보았다. 하지만 포스틀스웨
이트 씨는 이미 샐쭉해져 있었다. 프라이스 스크루퍼 씨가
그 틈을 타 수수께끼를 끝까지 말해버렸다.

다시 한번 수수께끼를 꺼냈다. "현재 대서양을 관통하는
해저 케이블과 학교 선생님은 어떤 점이 비슷할까요?"

"그건 내 수수께끼입니다." 상대의 말이 끝나자마자 포스
틀스웨이트 씨가 말했다. "내가 직접 만든 수수께끼예요."

"그럴 리가. 확신하건대 내 수수께끼입니다." 스크루퍼
씨가 단호하게 대답했다. "오늘 아침 수염을 깎으며 만들었
습니다."

또 한 번 침묵이 흘렀다. 그러다가 아까 '기이한 우연'이라
고 말한 그 저명인사를 시작으로 사람들이 놀랍다는 의미로
감탄하는 말을 내뱉으며 침묵이 깨졌다.

이번에도 집주인이 나서 상황을 무마하려 했다. "이 문제
를 해결할 가장 좋은 방법은 둘 중 누가 답을 알고 있는지 확
인하는 겁니다. 답을 아는 사람을 수수께끼의 주인이라고 합
시다. 둘 다 종이에 답을 쓰고 그 종이를 접어 내게 주세요.

두 개의 답이 동일하면 정말 대단한 우연입니다."

"나 말고는 아무도 그 답을 알 수 없습니다." 스크루퍼 씨가 답을 종이에 적고 접으며 말했다.

이어서 포스틀스웨이트 씨도 답을 적은 종이를 접으며 이렇게 말했다. "답은 나만 알고 있습니다."

집주인이 종이를 펼치며 답을 차례로 읽었다.

프라이스 스크루퍼 씨가 적은 답: "Buoy(Boy)가 있기 때문입니다."

커비 포스틀스웨이트 씨가 적은 답: "Buoy(Boy)가 있기 때문입니다."[19]

한차례 소동이 벌어졌다. 서로를 탓하기 시작했다. 다음 날 아침에 내가 앞서 말한 대로 두 신사는 나를 방문했다. 그러나 둘 다 내게 할 말이 많지 않았다. 어쨌든 둘 다 내 손안에 있었으니 말이다.

한 가지 의문인 점은 그날 이후 수수께끼를 만드는 사람으로서의 내 능력도 예전 같지 않게 되었다. 당연히 스크루퍼

---

19   부표를 의미하는 Buoy와 소년을 뜻하는 Boy의 발음이 비슷한 점을 활용한 말장난.

씨와 포스틀스웨이트 씨 모두 다시는 나를 찾아오지 않았다. 수수께끼를 만드는 능력이 그날 이후 사라졌다는 점도 어느 정도 연관이 있으리라. 아침 내내 사전을 붙잡고 있어도 생산적인 결과를 내놓지 못했다. 불과 2주 전 어느 수요일에는 어떤 주간지에 레부스를 보냈다. 사슴, 건초 더미, 굴렁쇠를 굴리는 소년, X, 초승달, 사람의 입, 'I wish'라는 글귀, 뒷다리로 서 있는 개, 한 쌍의 비늘로 이루어진 레부스였다. 그 레부스는 어느 주간지에 실렸고, 대중에게 선보였지만, 그들은 그 레부스가 무엇을 의미하는지 혼란스러워했다. 나조차도 그것이 무엇을 의미하는지 도통 알 수 없었다. 그렇게 나는 망가졌다.

IV. 당연하게 생각하지 말고 복용할 것

내 이름은 유니스 필딩이다. 나는 독일 모라비안 교도가 운영하는 학교에서 보낸 고요한 생활을 뒤로한 채 세상으로 나와 처음 몇 주 동안 쓴 일기를 오늘에서야 다시 훑어본다. 모라비안 정착촌이라는 평화로운 쉼터에서 벗어나 난데없이 슬픔만 가득한 한 가정으로 내몰렸던 연약하고, 무지하고, 순진한 여학생이었던 그때의 나를 보며 묘한 연민을 느낀다.

일기의 첫 페이지를 넘기면 마치 전생의 기억처럼 풀이 무성하게 자란 조용한 정착촌 거리, 고풍스러운 주택들, 그리고 교회로 향하는 어린아이들을 친절한 눈빛으로 바라보는 차분하고 온화한 얼굴들이 눈앞에 펼쳐진다. 수녀회의 집이다. 먼지 하나 없이 반짝이는 여닫이창이 달린 집으로, 바로 옆은 수녀들과 우리가 예배를 드리던 교회다. 예배당 중앙의 넓은 통로를 두고 남성과 여성은 따로 앉는다. 다홍색 장식이 달린 화사한 모자를 쓴 소녀들, 수녀들의 파란 리본, 그리고 과부들의 새하얀 머리 장식도 보인다. 묘지에서도 형제와 자매의 자리는 구별되었다. 우리의 약함을 그 누구보다 잘 알던 친절하고 순박한 목사님도 기억난다. 길지 않은 일기를 한 장씩 넘기며, 나는 세상의 슬픔으로부터 안전하게 차단된 채 그들과 함께 사는 동안 나를 감쌌던 평온하고 아무것도 알지 못하는 순진한 시절로 돌아가고 싶은 갈망과 함께 모든 것을 본다.

11월 7일. 3년 만에 집으로 돌아왔지만, 이곳은 예전 같지 않다. 어머니는 집에서 가장 외딴 방에 있어도 그 존재감을 충만히 곳곳에 드러내곤 했다. 하지만 지금은 어머니의 옷을 수잔나와 프리실라가 입는다. 그들이 방을 드나들 때마다 부드러운 비둘기색 주름이 언뜻 보이면 어머니의 얼굴을 다시 볼 수 있을까 하고 깜짝 놀라 고개를 든다. 수잔나와 프리실라는 나보다 나이가 훨씬 많다. 내가 태어났을 때 프리실라는 열 살이었고, 수잔나는 프리실라보다 세 살 더 많다. 그들은 항상 진지하고 심각하다. 어쩌나 독실한지 독일까지 소문이 파다하다. 내가 그들 나이가 되면 나 역시 그럴 테지?

아버지는 과연 어린아이였던 적이 있을까? 아버지는 마치 수백 년을 살아온 사람처럼 보인다. 어젯밤에는 아버지의 얼굴을 자세히 들여다볼 엄두가 나지 않았지만, 오늘 그 얼굴을 보니 수많은 주름 아래로 매우 친절하고 평화로운 표정이 보인다. 그의 영혼에는 어떤 폭풍도 닿을 수 없는 차분하고 평온한 깊음이 있다. 누가 봐도 그렇다. 그가 좋은 사람이라는 것은 알지만, 수잔나와 프리실라와는 다르게 학교에서는 아무도 그의 선함에 관해 이야기하지 않는다. 마차를 타고 문 앞에 내리자, 아버지가 맨발로 거리로 뛰쳐나와 단숨에 나를 품에 안고는 어린아이처럼 데리고 집으로 들어갔다. 학교 친구들, 자매들, 그리고 목사님을 떠나며 느낀 슬픔은 아버지와 함께하는 기쁨으로 사라졌다. 하나님이 나를 도우셨고, 이제는 내가 아버지에게 위로가 되도록 도우실 것이다.

어머니가 살아 있을 때 비해 집은 무척 달라졌다. 벽에는 습기가 차서 곰팡이가 폈고, 카펫은 올이 다 나갈 만큼 헤져 방의 분위기는 암울했다. 언니들은 집안일에 관심이 없는 듯했다. 프리실라는 집에서 10마일 정도 떨어진 우드버리에 사는 형제 중 한 명과 약혼했다. 그의 집이 얼마나 아름다운지 어젯밤 내게 말해주었다. 그녀는 세속적인 삶을 추구하지 않는 우리 같은 사람들이 보기 힘든 사치스럽고 값비싼 가구로 가득 찼다고 말하며, 결혼식을 위해 준비한 리넨과 더불어 비단과 여러 비싼 소재로 만든 드레스 여러 벌을 자랑했다. 방의 낡은 가구 위에 펼쳐둔 드레스들이 너무 과분해 보여서 나는 그것들의 가격을 생각하지 않을 수 없었다. 나는 아버지의 사업이 잘 되어 가는지도 물어보았다. 이에 프리실라는 얼굴을 붉혔고, 수잔나는 낮고 깊게 앓는 소리를 냈다. 이로써 대답은 충분했다.

오늘 아침 나는 짐을 풀고 언니들에게 교회에서 보낸 편지 한 통씩을 건넸다. 서인도 제도에서 선교사로 일하는 슈미트 형제가 제비뽑기를 통해 자기에게 맞는 아내를 골라 주기를 바란다는 내용의 편지였다. 정착촌의 독신 자매 중 몇몇이 자기 이름을 써냈다. 좋은 자매로 소문이 자자했던 수잔나와 프리실라도 매번 꼭 이름을 써내도록 권유받았다. 하지만 이미 약혼한 프리실라는 이름을 써낼 생각이 없었다. 반면에 수잔나는 하루 종일 깊이 고민했다. 창백한 얼굴에 심각한 표정을 지으며 수잔나가 지금 내 맞은편에 앉아 있다.

마른 뺨까지 땋아 내린 갈색 머리카락 사이로 은빛 머리카락 한두 가닥이 보인다. 글을 쓰며 옅은 홍조가 얼굴 위로 스며든다. 마치 한 번도 보지 못하고 목소리도 들어보지 못한 슈미트 형제의 말을 듣고 있는 듯했다. '수잔나 필딩'이라고 맑고 고운 손으로 자신의 이름을 또박또박 썼다. 다른 종이들과 수잔나의 이름이 적힌 종이가 섞일 테지. 거기에서 뽑힌 한 사람이 슈미트 형제의 아내가 될 것이다.

11월 9일. 집에 온 지 이틀밖에 안 되었지만, 내 안에는 이미 많은 변화가 생겼다. 머릿속은 온통 혼란스럽고 학교를 떠난 지 벌써 백 년은 된 듯하다. 오늘 아침 낯선 사람 두 명이 찾아와 아버지를 만나야 한다고 했다. 아버지가 서재에서 글을 쓰고 내가 난로 근처에서 바느질하는 동안 거칠고 위험해 보이는 남자들의 목소리가 서재까지 들렸다. 시끄러운 소리에 고개를 들자, 아버지가 금방이라도 쓰러질 듯 새하얘진 얼굴로 낯선 남자의 손 위로 백발의 머리를 숙여 절하는 모습을 보았다. 아버지는 재빨리 밖으로 나가 낯선 사람들을 서재로 데리고 와서는 나한테 언니들에게 가 있으라고 했다. 수잔나는 응접실에서 겁에 질려 당황한 표정을 짓고 있었고, 프리실라는 거의 자지러진 상태였다. 시간이 조금 흐른 뒤

언니들은 정신을 차렸고, 다시 차분해졌다. 프리실라는 소파에 조용히 누워 있었고, 수잔나는 눈을 감고 어머니의 안락의자에 앉아 있었다. 나는 아버지의 서재로 조용히 돌아가 문을 살짝 두드렸다. 그러자 아버지가 "들어오너라"라고 말했다. 아버지는 혼자였고, 무척 슬퍼 보였다.

"아버지, 무슨 일이에요?" 나는 다정하고 친절해진 아버지의 얼굴을 보고 그에게 달려갔다.

"유니스, 다 말해주마." 아버지는 아주 부드럽게 속삭였다.

나는 아버지 옆에 무릎을 꿇고 앉아 그의 눈에서 시선을 떼지 않았다. 아버지는 문제의 시작부터 끝까지 그 기나긴 시간 동안 무슨 일이 일어났는지 빠짐없이 말해주었다. 말 한마디 한마디를 들을 때마다 학교에 다니던 시절로부터 점점 멀어지는 듯했다. 인생의 끝자락에 서 있는 느낌이었다. 그 남자들은 오래된 우리 집의 모든 것을 차지하려고 채권자들이 보냈다. 바로 어머니가 살다가 돌아가신 이 집 말이다.

프리실라가 자지러졌듯이 그 말을 들은 나도 처음에는 숨을 멈칫했다. 하지만 아버지를 위해 참았다. 1~2분 뒤 나는 다시 용감하게 아버지의 눈을 바라보았다. 아버지는 장부를 검토해야 한다고 했고, 나는 아버지에게 입을 맞추고 서재에서 나왔다.

프리실라는 여전히 응접실에서 눈을 감은 채 가만히 누워 있었고, 수잔나도 명상에 잠겨 있었다. 둘 다 내가 들어오고 나가는 것을 눈치채지 못했다. 나는 제인과 아버지의 저녁 식사를 의논하려고 부엌으로 갔다. 제인은 의자에 앉아 몸을 앞뒤로 흔들며 거친 앞치마로 눈이 빨갛게 될 때까지 비볐다. 팔걸이의자는 할아버지 때부터 내려왔는데, 할아버지의 이름은 조지 필딩이었다. 할아버지를 모르는 형제는 없었다. 그 팔걸이의자에 낯선 남자 중 한 명이 앉아 있었다. 그는 털이 수북한 갈색 모자를 쓰고 있었는데, 모자 아래로 보이는 그의 눈은 천장의 고리에 매달린 말린 허브 봉지에 고정되어 있었다. 내가 부엌으로 들어가려다가 그 모습에 놀라 문지방에 서 있었지만, 그의 시선은 여전히 허브 봉지를 향했다. 그러다가 그가 휘파람을 불려는 듯 큰 입을 오므렸다.

"안녕하세요." 나는 정신을 차리고 그에게 인사를 건넸다. 그 사람들은 우리에게 고통을 주는 도구에 불과하다고 아버지가 내게 말했기 때문이다. "성함이 어떻게 되세요?"

낯선 남자가 내게로 시선을 돌려 나를 계속 쳐다보았다. 그러고는 혼자 살짝 미소를 지었다.

"존 로빈스는 내 이름, 영국은 나의 국가, 우드버리는 내가 사는 곳, 주는 나의 구원." 그가 말했다.

그는 노래를 부르듯이 말했다. 그의 눈은 다시 허브 봉지를 향했고 매우 만족스러운 듯 반짝거렸다. 나는 그의 답이 더는 불편하게 느껴지지 않을 때까지 그 말이 무슨 의미인지 잠깐 고민했다.

마침내 나는 이렇게 대답했다. "다행이네요. 우리 가족도 모두 신실하기에 혹시나 우리와 다를까 봐 걱정했어요."

"아가씨를 귀찮게 할 생각은 없습니다. 편히 있어요. 여기 마리아에게 정기적으로 맥주를 가져다주라고 하면 기분 상할 일은 없을 겁니다." 그가 대답했다.

"고맙습니다." 나는 이렇게 말했다. "제인, 로빈스 씨 말 들었지? 이불 천을 몇 장 가지고 와서 형제들 방에 깔아줘. 로빈스 씨, 방안 탁자 위에 성경책과 찬송가책이 있을 거예요." 내가 부엌을 나서려는데, 그 남자가 주먹을 꽉 쥐고는 찬장을 쳤다. 그 소리에 나는 깜짝 놀랐다.

"아가씨, 너무 나서지 마세요. 혹시 어떤 사람이나 일 때문에 나서야 할 상황을 마주한다면 우드버리의 존 로빈스만 기억하세요. 무슨 일이든 내가 돕겠습니다. 내가 잘 아는 일이든 그렇지 않은 일이든 상관없이 말입니다. 내가….”

그가 말을 이어가려다가 갑자기 멈췄다. 그러더니 그의 얼굴이 더 붉어졌고, 시선은 다시 천장을 향했다. 나는 부엌을 나섰다.

나는 계산에 능숙한 점에 감사하며 아버지의 장부 정리를 도왔다.

추신. 존 로빈스가 이끄는 군대가 내가 살던 정착촌을 공격하는 꿈을 꿨다. 게다가 존 로빈스는 우리의 목사가 되겠다고 고집을 부렸다.

11월 10일. 50마일 떨어진 곳에 갈 일이 생겼다. 여행의 절반을 승합 마차로 이동했다. 어머니의 오빠는 큰 부호였는데, 그가 우드버리에서 15마일 떨어진 곳에 산다는 사실을 처음 알았다. 우리 같은 사람이 아니었던 그는 어머니의 결혼에 크게 불만을 품었다. 게다가 수잔나와 프리실라는 어머니의 친딸이 아니었다. 아버지는 속세의 친척이 우리 가족에게 큰 도움이 되리라는 실낱같은 희망을 품고 있었다. 그래서 나는 아버지의 축복과 기도를 받으며 길을 떠났다. 어제도 프리실라를 보러온 모어 형제가 나를 우드버리 역에서 맞이했고, 삼촌이 사는 마을로 향하는 마차까지 안전하게 데려다주었다. 그는 내가 생각했던 것보다 나이가 훨씬 많았다. 얼굴이 크고 거친 데다 피부가 축 늘어졌다. 프리실라가 그런 남자와 약혼하다니 새삼 놀랐다. 하지만 그는 내게 친절했고, 여관의 안뜰에서 마차가 떠나는 모습까지 지켜보았다. 하지만 눈에서 멀어지기도 전에 더는 그가 생각나지 않았고, 삼촌에게 무슨 말을 어떻게 해야 할지 고민했다.

삼촌의 집은 넓은 풀밭과 무성한 나무 사이에 홀로 우뚝 서 있었다. 잎이 거의 없는 나무가 눅눅하고 축축한 공기를 맞으며 앞뒤로 휘청거렸다. 나는 몹시 떨며 웃는 얼굴이 달린 놋쇠 문고리를 들어 올렸다. 한 번 크게 울리는 소리를 내며 문고리를 내려놓자, 모든 개가 짖고 나무 꼭대기에서 까마귀들이 울었다. 하인이 천장이 낮은 복도를 가로질러 뒤편의 응접실로 나를 안내했다. 응접실 천장도 낮았지만, 크고 멋있었다. 11월의 회색빛 어둠을 보다가 따뜻한 진홍색 빛을 보니 눈이 즐거웠다. 이미 오후였다. 잘생긴 노인이 소파에 편하게 누운 채 곤히 잠들어 있었고, 난로 반대편에는 왜소한 노파가 앉아 있었다. 노파는 집게손가락을 들어 아무 말 없이 내게 불 옆에 앉으라고 손짓했다. 나는 그 말을 듣고 자리에 앉아 곧 깊은 생각에 잠겼다.

마침내 남자가 나른한 목소리로 정적을 깼다.

"이 아가씨는 누군가?"

"유니스 필딩이라고 합니다." 나이가 많은 남자에게 예의를 차리기 위해 나는 자리에서 일어나 대답했다. 삼촌이었다. 그는 예리한 회색빛 눈으로 나를 바라보았다. 나는 부끄러웠고, 마음이 무거웠기에 나도 모르는 사이 눈물 한두 방울이 뺨을 타고 흘러내렸다.

"세상에나!" 그가 외쳤다. "틀에 찍어낸 듯 소피와 똑같이 생겼구나!" 그가 짧게 웃었다. 하지만 내 귀에 들리는 그의 웃음에는 즐거움이 없는 듯했다. "이리 오너라, 유니스. 내 볼에 키스해주렴."

그 말에 나는 조심스럽게 걸어가 그의 얼굴을 향해 몸을 구부렸다. 그는 나를 무릎 위에 앉게 했다. 아버지에게도 그런 귀여움을 받아본 적이 없던 나는 불편하게 삼촌의 무릎에 앉았다.

"그래, 어여쁜 아가." 삼촌이 말을 이어갔다. "무슨 일로 내게 심부름을 왔니? 내 모든 걸 걸고 무엇이든 주겠다고 약속하마."

그의 말에 나는 헤롯왕과 죄 많은 춤추는 소녀가 떠오르며 마음이 가라앉았지만, 에스더 왕비처럼 용기를 내어 내가 왜 급히 이곳에 오게 되었는지 눈물까지 흘리며 말했다. 아무도 도와주지 않으면 아버지가 감옥에 갈 위기에 처했다고 말이다.

아주 오랜 침묵 끝에 삼촌이 입을 열었다. "유니스, 너와 네 아버지를 상대로 거래를 제안하마. 네 아버지는 내가 가장 아끼는 여동생을 빼앗아 갔고, 그 후로 나는 내 동생의 얼굴을 한 번도 보지 못했다. 나는 부자지만, 내게는 자식이 없다. 만약 네 아버지가 다시는 네 얼굴을 보지 않는다는 조건으로 너를 내게 넘기면 그의 빚을 모두 갚고 너를 내 딸로 입양하도록 하마."

그가 말을 끝내기도 전에 나는 그의 무릎에서 벌떡 일어났다. 태어나서 그렇게 화가 나본 적은 없었다.

"절대 그럴 일은 없어요." 나는 울먹이며 말했다. "아버지는 절 절대 포기하지 않고, 저도 아버지를 떠나지 않을 거예요."

"성급히 결정하지는 마라. 아버지에게는 다른 두 딸이 있지 않니. 한 시간 동안 고민해 보렴."

그 말을 남기고 삼촌과 숙모는 나를 그 아름다운 방에 혼자 남겨두고 나갔다. 처음부터 내 마음은 이미 정해져 있었다. 하지만 활활 타오르는 불 앞에 앉아 있자니 다가오는 겨울의 암울하고 차디찬 날들이 내게로 몰려와 방안의 온기를 식히고 얼음장 같은 손가락으로 나를 만지는 듯했다. 나는 겁쟁이처럼 떨었다. 그래서 목사님이 주신 작은 제비뽑기 책을 펼쳐 그 안에 들어 있는 수많은 종이 조각을 초조하게 바라보았다. 그 책으로 여러 번 제비뽑기를 했다. 종이 조각이 주는 조언과 위로는 허망했다. 하지만 나는 다시 제비를 뽑았다. 이런 글귀가 적혀 있었다. '용기를 내어라!' 그 말에 나는 큰 힘을 얻었다.

한 시간이 흘렀고, 삼촌이 다시 방으로 들어와 협박이 섞인 온갖 달콤한 말로 나를 설득했다. 마침내 나는 그의 위험한 유혹에 반박할 만큼 대담해졌다.

"자식에게 아버지를 버리라고 유혹하는 것은 악한 일이에요. 삼촌은 다른 이들의 어려움을 덜어줄 힘을 가졌는데, 오히려 더 어렵게 만들려고 하네요. 삼촌과 궁전 같은 이곳에 사느니 차라리 아버지와 감옥에서 살래요."

나는 그 방에서 나와 복도를 통과해 깊어지는 어스름 속으로 나가는 길을 찾았다. 삼촌의 집은 마차가 지나간 마을에서 1마일 이상 떨어졌다. 좁은 길 양옆으로는 풀로 덮인 둑이 높이 솟아올랐다. 아주 빠르게 걸었지만, 삼촌의 집에서 멀리 가지도 못한 채 어둠과 안개가 짙게 깔린 밤을 맞이했다. 어둠이 거의 만져질 정도였다. "용기를 내어라, 유니스!" 조금이라도 긴장의 끈을 놓으면 두려움에 잠식당할까 봐 스스로에게 이렇게 말했다. 나는 큰 목소리로 저녁찬가를 부르기 시작했다.

난데없이 조금 앞쪽에서 어떤 목소리가 노래를 부르기 시작했다. 정착촌에서 우리에게 음악을 가르쳤던 형제처럼 음색이 맑고 풍부했다. 두려움과 묘한 반가움으로 심장이 뛰었다. 내가 노래를 멈추자, 그 목소리도 노래를 멈췄다.

"좋은 밤입니다." 목소리가 말했다. 너무 친절하고, 솔직하고, 달콤한 목소리라 단번에 믿음이 갔다.

"기다려주세요. 밤인데 길을 잃었고, 롱빌로 가려고 해요."

"나도 거기로 갑니다." 목소리가 점점 가까워졌고, 나는 곧 바로 옆 안개 속에서 키가 크고 어두운 형체를 보았다.

"형제님," 나는 이유도 모른 채 약간 떨며 말했다. "롱빌까지 가려면 아직 멀었나요?"

"10분만 걸으면 됩니다." 유쾌한 그의 대답 덕에 나는 기분이 나아졌다. "팔짱을 끼고 가죠. 금방 도착할 거예요."

그의 팔에 내 손이 살짝 닿는 순간 나는 굉장히 보호받는다는 느낌이 들었다. 불이 켜진 마을 여관 창문에 가까이 다다랐을 때쯤 우리는 서로의 얼굴을 바라보았다. 그는 호감형의 미남이었다. 왠지 모르게 가브리엘 천사가 떠올랐다.

"여기가 롱빌입니다. 어디로 데려다줄까요?"

환한 불빛에서 그의 얼굴을 본 후로는 그를 형제님이라고 부르기가 어려웠다. "우선 우드버리에 가고 싶어요."

"우드버리." 그가 나의 대답을 되뇌었다. "이 어두운 밤에 혼자 우드버리라니! 몇 분 후에 우드버리로 가는 마차가 도착할 겁니다. 나도 우드버리로 가는데 거기까지 동행해도 될까요?"

"감사합니다." 나는 아무 말 없이 그의 옆에 섰다. 이내 마차의 불빛이 안개 속에서 우리를 향해 다가왔고, 낯선 남자가 마차의 문을 열어주었다. 극복해야 할 나의 가난함에 부끄러움이 몰려왔다. 그 어리석은 부끄러움 때문에 나는 뒤로 물러났다.

내가 더듬거리며 말했다. "안에 탈 처지가 못 되어서 마차 지붕에 타야만 해요."

"이런 겨울밤에는 절대 안 됩니다. 얼른 타세요." 그가 말했다.

"아니요, 안 돼요." 내가 정신을 차리고 말했다. "밖에 타야 해요." 아이를 데리고 탄 점잖은 시골 여자가 이미 마차 맨 꼭대기에 자리를 잡고 있었다. 나는 재빨리 그들 쪽으로 향했다. 마차 바퀴 바로 위 바깥쪽 자리였다. 어둠이 너무 짙어서 앙상한 풀 울타리에 희미하게 비치는 마차의 불빛만이 유일하게 밤을 밝혔다. 온통 어둡고 음침한 밤이었다. 아버지와 아버지를 가두려고 열리는 감옥 문 말고는 아무것도 생각할 수 없었다. 그때 누군가의 손이 내 팔을 눌렀다. 가브리엘의 목소리가 들렸다.

"이 자리는 너무 위험합니다. 마차가 갑자기 멈추면 떨어질 수도 있어요."

"마음이 너무 힘들어요." 나는 흐느끼며 말했다. 간신히 모았던 용기가 와르르 무너져버렸다. 어둠 속에서 나는 손에 얼굴을 묻고 소리 없이 울었다. 그렇게 우는 바람에 슬픔으로 괴로웠던 마음이 조금 누그러졌다.

"형제님." 내가 그를 다시 불렀다. 어둠 속에서는 다시 그를 형제라고 부를 수 있었다. "이제 막 학교를 마치고 집으로 돌아와서 세상을 어떻게 살아야 하고 문제를 어떻게 해결해야 하는지 배우지 못했어요."

"손에 얼굴을 묻고 우는 모습을 보았는데, 내가 도움이 될 방법이 없을까요?" 그가 낮은 목소리로 말했다.

"없어요. 이 슬픔은 저와 제 집안 문제예요."

그는 더는 아무 말도 하지 않았다. 하지만 행여나 내가 마차 밖으로 떨어질까 봐 팔을 뻗어 기댈 공간을 만들어주었다. 그렇게 깜깜한 밤을 가로질러 우리는 우드버리에 도착했다.

마차가 도착하는 역에서 모어 형제가 나를 기다리고 있었다. 그가 너무 재촉해서 나를 쳐다보는 가브리엘에게 눈길을 줄 겨를도 없었다. 모어 형제는 삼촌과의 면담이 어떻게 되었는지 얼른 듣고 싶어 했다. 실패했다고 말하자, 그는 생각에 잠겨 객차에 탈 때까지 아무 말도 하지 않았다. 내가 객차에 타자, 그가 내 쪽으로 몸을 기울여 속삭였다. "프리실라에게 내일 아침에 가겠다고 전해줘요."

모어 형제는 부자라 어쩌면 프리실라를 봐서라도 아버지를 도와줄지 모른다.

11월 11일. 지난밤 꿈을 꿨다. 가브리엘이 내 옆에 서서

"기쁜 소식을 전하러 왔습니다"라고 말했다. 하지만 그의 말에 귀를 기울이자, 그는 한숨을 쉬고 사라져 버렸다.

11월 15일. 모어 형제가 매일 오지만, 아버지를 돕는 일에 관해서는 아무 말이 없다. 조만간 아무도 도움의 손길을 내밀지 않으면 아버지는 감옥에 갈 수밖에 없다. 어쩌면 삼촌이 한발 물러서서 조금 더 쉬운 조건을 제시할지도 모른다. 절반의 시간만 삼촌과 함께 지낸다면 그의 집에서 사는 데 동의할 의향이 있다. 다니엘과 세 친구도 바빌론 왕궁에서 무사히 지내지 않았는가? 삼촌에게 편지를 써야겠다.

11월 19일. 삼촌에게서는 회신이 없다. 오늘은 프리실라와 우드버리에 다녀왔다. 프리실라가 우드버리에 계신 목사님과 이야기를 나누는 한 시간 동안 나는 교도소로 가는 길을 알아보며 암울하고 거대한 담장 바깥쪽을 걸어 다녔다. 그곳에 갇힐 불쌍한 아버지를 떠올리니 너무 슬프고 겁이 났다. 힘이 쭉 빠져 입구 계단에 앉아 다시 제비뽑기 책을 꺼냈다. 또 '용기를 내어라'라는 최악의 종이 조각을 뽑았다. 바로 그때 모어 형제와 프리실라가 왔다. 모어 형제의 표정이 마음에 들지 않았지만, 곧 언니의 남편이 될 사람이라는 사실을 떠올리고는 자리에서 일어나 그에게 손을 내밀었다. 모어 형제가 내 손을 잡아 자기 팔 아래에 넣었다. 그의 살찐 손이 내 손 위에 놓였다. 그렇게 우리 셋은 교도소 담장 아래를 왔다 갔다 했다. 그러다가 갑자기 비탈 아래 정원에서 가브리엘(그의 이름을 모르기에 가브리엘이라고 부른다)을 보게 되었다. 가브리엘 옆에는 어여쁘고 귀여운 젊은 여성이 있었다. 그 순간 나는 울음을 터뜨리고 말았다. 아버지 일 때문이었으리라. 우리와 함께 집으로 돌아온 모어 형제가 존 로빈스를 내보냈다. 존 로빈스가 내게 자신을 기억하라고 했다. 사는 동안 그의 이름을 잊는 일은 없으리라.

11월 20일. 가장 비참한 날을 맞이했다. 아버지는 결국 감옥에 갇혔다. 저녁 시간에 세상에서 가장 못돼 보이는 남자 두 명이 와서 아버지를 체포했다. 그들이 죽어버리기를 바란 나를 주님께서 용서하시길! 그런데도 아버지는 아주 침착하고 부드럽게 말했다.

"모어 형제를 불러오너라." 잠시 머뭇거리더니 아버지가 이어서 말했다. "그가 하자는 대로 해라."

잠시 후 남자들이 아버지를 데리고 갔다.

나는 이제 어떻게 해야 할까?

11월 30일. 어젯밤 늦게까지 우리는 향후 계획을 논의했다. 프리실라는 모어 형제가 결혼을 서두를 것이라고 말했고, 수잔나는 슈미트 형제가 제비뽑기에서 자기 이름을 뽑을 것이라고 내심 확신했다. 수잔나는 선교사로서 다해야 할 의무와 그 의무를 이행하는 데 필요한 은혜에 관해 현명하게 말했다. 하지만 나는 아버지가 그 감옥의 담장 안에서 애써 잠을 청하는 모습밖에 떠올릴 수 없었다.

모어 형제가 아버지가 감옥에서 나올 방법을 찾을 수 있다고 한다. 다만 우리의 완고함을 극복할 은혜가 있기를 기도해야 한다고 말했다. 나는 무엇이든 할 수 있다. 심지어 노예로 팔려 가더라도 마다하지 않으리라. 서인도 제도에서 최초의 선교사들이 노예로 거래되었듯이 말이다. 하지만 잉글랜드에서는 내가 아무리 충실한 종이 된다고 해도 그렇게 노예로 팔려 갈 수 없다. 집안의 빚을 갚을 만큼 큰 금액을 한 번에 벌고 싶다. 모어 형제는 자꾸 울면 눈만 나빠진다고 한다.

12월 1일. 아버지가 체포되던 날, 나는 삼촌에게 마지막으로 호소했다. 오늘 아침 삼촌에게서 짧은 편지를 받았다. 삼촌이 주는 도움의 조건을 정하기 위해 변호사가 나를 방문한다는 내용이었다. 변호사는 나와 단둘이 만나고 싶어 했다. 나는 불안에 떨며 응접실로 갔다. 내 앞에 서 있던 사람은 다름 아닌 가브리엘이었다. 가브리엘이 내게 와서 "기쁜 소식을 전하러 왔습니다"라고 말했던 꿈이 떠올랐다.

"유니스 필딩 양." 그가 부드러운 목소리로 말하고는 나를 내려다보며 미소 지었다. 그의 미소는 축 처진 내 슬픈 영혼에 한 줄기 햇살 같았다.

"네." 바보같이 나는 그와 눈도 마주치지 못했다. 그에게 앉으라고 청한 뒤 나는 어머니의 안락의자에 기대어 섰다.

"받아들이기 힘들 수도 있습니다." 가브리엘이 말했다. "삼촌이 작성한 서류에 유니스 양과 유니스 양의 아버지가 서명해야 합니다. 삼촌은 모라비안 정착지로 가는 조건으로 필딩 씨를 석방해 주고 연간 백 파운드를 지급한다고 합니다. 이전에 말한 조건도 따라야 한다고 했어요."

"그럴 수는 없어요." 나는 격렬하게 소리쳤다. "저보고 아버지를 떠나라는 말인가요?"

"안타깝지만, 그렇습니다." 그가 여전히 낮은 목소리로 대답했다.

"제발 삼촌에게 안 된다고 말해주세요."

"그렇게 전하지요. 최대한 부드럽게 전하겠습니다. 나는 당신 편입니다, 유니스 양."

그가 '유니스'라는 이름에서 멈칫했다. 마치 그에게는 흔한 이름이 아니라 오히려 드물고 좋은 이름이라는 듯이 말이다. 내 이름이 그렇게 좋게 들린 적은 없었다. 잠시 후 그가 자리에서 일어났다.

"형제님," 내가 그에게 손을 내밀었다. "안녕히 가세요."

"다시 뵙겠습니다, 유니스 양." 그가 대답했다.

그는 예상보다 나를 더 빨리 만났다. 나는 바로 다음 우드버리행 기차에 올랐다. 깜깜한 객차에서 내리자, 같은 기차의 다른 객차에서 그가 내렸다. 그도 나를 보았다.

"어디로 가나요, 유니스?" 그가 물었다.

나를 '유니스 양'이라고 불렀을 때보다 훨씬 더 반갑게 들렸다. 나는 그에게 얼마 전 교도소 근처에 가본 적이 있어서 그쪽으로 가는 길을 안다고 말했다. 그의 눈에 눈물이 맺혀 있었다. 그가 아무 말 없이 내 손을 끌어당겼다. 나 역시 아무 말 하지 않고 즐거운 마음으로 그와 함께 아버지에게로 향했다.

우리는 정사각형 모양의 안뜰에 들어섰다. 회색빛의 겨울 하늘만 평평하게 머리 위로 펼쳐졌다. 그곳에서 아버지는 가슴팍에 팔짱을 끼고 다시는 머리를 들지 않을 듯 고개를 푹

숙이고 왔다 갔다 했다. 나는 크게 소리치고 아버지에게 달려가 그의 목에 매달렸다. 아무것도 없는 작은 방에서 눈을 떴을 때 나는 아버지 품에 안겨 있었다. 가브리엘은 무릎을 꿇고 내 손을 비비다가 입술을 손에 갖다 댔다.

그 후 가브리엘과 아버지는 대화를 나눴다. 얼마 지나지 않아 모어 형제가 도착했고, 가브리엘은 떠났다. 모어 형제가 침통하게 말했다.

"저자는 양의 탈을 쓴 늑대야. 우리 유니스는 연약한 어린 양이고."

가브리엘에게 늑대라니.

12월 2일. 나는 교도소 근처 오두막에서 살게 되었다. 존로빈스와 그의 단정한 아내가 사는 곳이었다. 아버지를 매일 만나기 위해서다.

12월 13일. 오늘로 아버지가 감옥에 갇힌 지 2주가 지났다. 모어 형제는 어젯밤 프리실라를 만나러 갔고, 오늘 아침 아버지의 석방 계획을 우리에게 알려줄 예정이었다. 그를 교도소에서 만나기로 했다.

방에 들어갔을 때 아버지와 모어 형제는 상당히 불안한 표정을 지었다. 불쌍한 아버지는 길고 긴 싸움에 녹초가 된 듯

의자에 등을 기댄 채 거의 누워 있었다.

"유니스에게 말해주게." 아버지가 말했다.

모어 형제는 자신이 본 거룩한 환상에 관해 말했다. 프리실라와의 약혼을 깨고 바로 나를 아내로 삼으라는 환상이었다고 한다. 꿈에서 깬 뒤 모어 형제의 마음에는 이런 말이 떠올랐다고 한다. "이 꿈은 확실하고, 그 해석도 확실하다."

"그러니 유니스, 너와 프리실라는 그 말을 따라야 해. 그렇지 않으면 주님께 대적하여 싸우는 것이니 말이야." 그가 끔찍한 목소리로 말했다.

큰 충격을 받은 나는 아무 말도 할 수 없었다. 모어 형제가 말을 이어갔다.

"그 환상에서 너를 내 아내로 맞이하는 날 네 아버지를 자유의 몸으로 만들라고 지시받았어."

온 마음이 그에게서 멀어지는 것을 참고 나는 마침내 말했다. "하지만 그렇게 하면 프리실라에게 큰 잘못이 될 거예요. 주님이 주신 환상일 리 없어요. 망상이자 거짓된 환상에 불과해요. 프리실라와 결혼하고 아버지를 풀어주세요."

"안 돼." 그가 나를 똑바로 바라보며 말했다. "프리실라를 선택한 건 성급한 결정이었어. 내 실수였지. 실수에 대한 보상으로 지참금의 절반을 프리실라에게 주기로 약속했어."

나는 울부짖었다. "주여, 저에게도 어떤 환상이 있어야 하지 않나요? 왜 그에게만 환상을 주시나요?" 그러고는 집으로 가서 프리실라를 만나 나만의 길잡이가 될 어떤 표시를 찾겠다고 말했다.

12월 14일. 내가 집에 도착했을 때 프리실라는 몸져누워 있었고, 나를 보지 않으려 했다. 나는 새벽 5시에 일어나 응접실로 내려갔다. 등에 불을 켜자 드러난 응접실은 황량하고 적막했다. 우리가 낮에 앉아 있었듯이, 어머니와 일찍 세상을 떠나 내가 보지 못한 나의 형제자매들이 밤새 응접실에 앉아 있었을 듯한 으스스한 기분이 들었다. 어머니는 내가 얼마나 고통스러운지 알고 나를 위로하고 나에게 조언을 주고 싶었는지도 모른다. 탁자 위에 성경책이 놓여 있었지만, 굳게 닫혀 있었다. 어머니의 천사 같은 손가락이 내 앞길을 인도해 줄 성경 구절이 있는 페이지를 펼쳐두었으면 좋았을 텐데. 이제는 제비뽑기밖에 방법이 없다.

나는 종이 한 장을 정확히 똑같은 길이로 세 등분했다. 두 장만 있어도 되지만, 세 장을 만들었다. 첫 번째 종이에는 '모어 형제의 아내가 된다', 두 번째 종이에는 '독신 수녀가 된다'라고 적었다. 세 번째 종이는 아무것도 적지 않은 채 책상 위에 올려두었다. 누군가의 이름이 적히길 기다리는 듯했다. 그때 갑자기 겨울 아침의 쌀쌀한 공기가 무더운 열기로 바뀌었다. 나는 창문을 열고 코끝이 시리도록 서늘한 공기를 얼굴에 쐬었다. 마음속으로 나 자신에게 기회를 줘야 한다고 생각했다. 하지만 '기회'라는 단어가 양심에 찔렸다. 나는 성경책 사이사이에 종이 세 장을 꽂았다. 그리고 탁자 반대편에 앉았다. 미래의 비밀이 담긴 종이를 뽑기가 겁났다.

어떤 종이를 선택하면 좋은지 내게 도움이 될 만한 표시는 없었다. 감히 손을 뻗어 그중 하나를 선택하기가 두려웠다. 내가 뽑는 종이에 적힌 운명을 따라야 했기 때문이다. 모어 형제의 아내가 되는 것은 너무 끔찍했다. 독신 수녀들이 모여 사는 수녀원의 집들은 한결같이 단조롭고, 음산하고, 삭막해 보였다. 하지만 빈 종이를 뽑는다면! 가슴이 두근거렸다. 나는 종이에 손을 뻗었다가 빼기를 몇 번이고 반복했다. 등잔의 기름이 다 떨어져 불빛이 점점 희미해졌다. 여태껏 아무런 지침이 없다는 사실이 두려웠지만, 나는 성경책 사이에 꽂힌 종이 중 중간 종이를 뽑았다. 불빛은 이제 거의 꺼졌다. 그 희미한 불빛에 드러난 글은 '모어 형제의 아내가 된다'

였다.

이것이 3년 전 쓴 일기의 마지막 글이다.

수잔나가 아래층으로 내려와 응접실에 들어섰을 때, 나는 넋이 나간 채 그 망할 종이를 손에 들고 있었다. 별다른 설명 없이도 수잔나는 알았다. 아무것도 적히지 않은 빈 종이와 '독신 수녀가 된다'라고 적힌 다른 종이를 보고는 내가 제비뽑기한 사실을 알아차렸다. 수잔나는 나를 보고 조금 울었고, 유난히도 부드럽게 입맞춤한 것으로 기억한다. 그런 다음 자기 방으로 돌아가 프리실라와 심각하고 슬프게 대화를 나눴다. 그 후 우리는 모두 소극적으로 행동했다. 프리실라마저 완전히 체념한 듯했다. 모어 형제가 집에 왔을 때 수잔나는 내가 뽑은 돌이킬 수 없는 제비뽑기에 관해 그에게 말했다. 하지만 그날은 나를 만나지 말아 달라고 간청했다. 모어 형제는 내가 가련한 처지에 익숙해지도록 혼자 내버려 두었다.

다음 날 아침 일찍 나는 우드버리로 돌아갔다. 사랑하는 아버지가 곧 풀려나 남은 생을 나와 함께 부유하고 편안하게 살 수 있으리라는 생각만이 위안이 되었다. 그 후 며칠 동안 나는 아버지 곁을 거의 떠나지 않았다. 모어 형제와 단둘이 남는 상황을 어떻게든 피하고 싶었다. 아침저녁으로 존 로빈스나 그의 아내가 교도소 문까지 동행했고, 내가 나오기를 기다렸다가 같이 오두막으로 돌아갔다.

아버지는 내 결혼식 날 석방될 예정이었다. 결혼은 서둘러 진행되었다. 프리실라의 예복 중 많은 옷이 내게 맞았다. 그렇게 점점 끔찍한 운명에 가까워졌다.

어느 날 아침, 12월 새벽의 어둠과 황혼 속에서 길을 걷다가 난데없이 가브리엘을 마주쳤다. 그는 진지하지만 빠르게 말했다. 그가 무슨 말을 하는지 거의 알아듣지 못했다. 나는 머뭇거리며 대답했다.

"새해에 조슈아 모어 형제와 결혼하기로 했어요. 그가 아버지를 석방해 주기로 했거든요."

그가 좁은 길에서 내 앞에 서서 울었다. "유니스, 절대 그와 결혼하면 안 돼요. 나는 그 뚱뚱한 위선자의 실체를 알고 있어요. 맙소사! 그보다 내가 당신을 백배 더 사랑해요. 사랑한다고요! 그 작자는 사랑이 무슨 의미인지도 몰라요."

나는 한마디도 하지 않았다. 나 자신도 그도 두려웠다. 나는 가브리엘이 양의 탈을 쓴 늑대라고 생각하지 않았다.

"내가 누군지 알아요?" 그가 물었다.

"몰라요." 나는 속삭이며 대답했다.

"나는 당신 삼촌의 사돈 조카로 그의 집에서 자랐어요. 모어라는 자와의 끔찍한 결혼을 파기하면 내가 당신 아버지를 석방해 주겠습니다. 나는 아직 젊기에 일할 수 있고, 당신 아버지의 빚을 갚아줄 수 있어요."

"그럴 수는 없어요. 모어 형제가 주님께서 주신 환상을 보았고, 저 역시 제비뽑기를 했어요. 달라질 가망은 없어요. 새해가 되면 모어 형제와 결혼해야 해요."

그러자 가브리엘이 무슨 말인지 처음부터 이야기해 달라고 나를 설득했다. 이야기를 들은 그가 조금 웃은 뒤 나를 위로했다. 결코 제비뽑기의 섭리에 맞서 싸울 수 없다는 사실을 그는 도무지 이해하지 못했다.

아버지와 함께 있을 때면 언젠가 우리가 행복하게 보낼 날들을 이야기하며 내가 얼마나 고통스러운지 들키지 않으려고 노력했다. 교도소 담장 안에서 평온한 마음으로 학창 시절 교회에서 부르던 찬송가를 불렀고, 지금은 돌아가신 목사님의 말을 떠올리며 나도 아버지도 마음을 다잡았다. 그래서 아버지는 내 마음속 고통을 눈치채지 못했고, 그저 함께 교도소 문을 열고 나갈 날만을 희망차게 기다렸다.

한 번은 우드버리에 사는 목사님을 찾아가 내 마음속 모든 것을 쏟아냈다. 다만 가브리엘에 관해서는 말하지 않았다. 목사님은 결혼을 앞둔 어린 여자들이 그렇게 느끼기도 하지만, 내 경우는 아주 명확한 길로 주님께서 인도하고 있다고 말했다. 또한 모어 형제는 독실한 사람이니, 곧 남편으로서 그를 사랑하고 존경해야 한다고도 말했다.

마침내 그해 마지막 날이 다가왔다. 우리에게는 대단한 날이었다. 다음 해를 살아갈 약속의 말씀을 뽑는 날이었기 때문이다. 하지만 내게는 모든 것이 끝난 듯했다. 일말의 희망도 남아 있지 않았다. 고통스러운 마음을 도무지 감출 길이 없어서 나는 그날 저녁 일찍 아버지와 헤어졌다. 교도소를 차마 떠나지 못하고 담장 밖을 오가며 비참했던 지난날은 다가올 날들에 비해 행복하리라는 생각을 했다. 모어 형제는 하루 종일 아버지의 석방과 관련한 일로 바빴기에 만나지 못했다. 담장 밖을 서성이고 있을 때 마차 한 대가 눈이 흩뿌려진 길 위로 소리 없이 다가왔다. 마차 밖으로 가브리엘이 뛰어나와 나를 거의 안다시피 했다.

"사랑하는 유니스, 당장 나와 함께 가야 해요. 우리 삼촌이 이 끔찍한 결혼에서 당신을 구해줄 거예요." 그가 말했다.

나는 어떻게 해야 할지 몰라 허둥댔다. 그때 존 로빈스가 마부석에서 외쳤다. "유니스 양, 괜찮아요. 존 로빈스를 기억하라고 했잖아요!"

그 말에 나는 나 자신을 가브리엘의 손에 맡겼다. 그가 나를 안고 마차 안으로 들어가 따뜻한 담요를 덮어주었다. 우리는 눈길 위를 소리 없이 달렸다. 주변은 눈으로 온통 새하얗게 변했고, 초승달의 희미한 빛이 비쳤다. 그리고 이따금 가브리엘이 내게 담요를 덮어주려고 가까이 다가왔을 때 달빛이 그의 얼굴에 떨어졌다. 행복한 꿈을 꾸는 듯했다.

그렇게 세 시간 정도를 달리다가 샛길로 접어들었다. 가브리엘을 처음 만난 길이었다. 삼촌 집으로 가는 길이었다. 한결 가벼워진 마음으로 나는 마차에서 내려 삼촌 집으로 다시 들어갔다.

가브리엘이 나를 응접실로 안내했다. 이전에 본 응접실이었다. 난로 근처 의자에 나를 앉히고는 정중하고 친절하게 숄과 보닛을 벗겨주었다. 그가 잘생긴 얼굴에 미소를 띠며 맞은편에 서서 나를 바라보았다. 그때 문이 열리며 삼촌이 들어왔다.

"이리 와서 내게 입맞춤해주렴, 유니스." 나는 놀랍게도 삼촌의 말에 순종했다.

"애야." 삼촌이 내 얼굴에서 머리카락을 뒤로 넘겨주며 말했다. "네가 네 발로 내게 오지 않아서 이 젊은 친구에게 너를 납치해 오라고 했다. 조슈아 모어와 결혼할 일은 없을 거야. 그런 자를 조카로 둘 수는 없지. 그는 프리실라와 결혼하게 될 거야."

삼촌의 목소리가 너무 따뜻해서 그가 내가 뽑은 종이를 바꿀 수 없다는 사실을 알면서도 잠시나마 위로를 받았다. 그가 나를 옆에 앉혔고, 나는 놀란 표정으로 그의 얼굴을 바라보았다.

"내가 다시 제비뽑기를 해주마." 그가 즐겁다는 듯 말했다. "장미같이 어여쁜 이 작은 아이가 지금 이 순간 아버지가 자유의 몸이 된 사실을 알면 뚱뚱한 구혼자에게 무슨 말을 할까?"

나는 삼촌의 얼굴도 가브리엘의 얼굴도 감히 쳐다볼 수 없었다. 내가 스스로 징표를 구했고, 이 땅의 어떤 힘도 내가 받은 징표나 주님께서 모어 형제에게 주신 환상을 거스를 수는 없었다.

나는 벌벌 떨며 말했다. "삼촌, 저는 이 문제에 더는 관여

할 수 없어요. 공정하게 제비뽑기를 했기 때문에 따라야 해
요. 삼촌도 절 도울 수 없어요."

"두고 보면 알겠지. 새해 전야니 다시 제비뽑기를 해야 할
때구나. 약속하건대 모어 형제의 아내가 되거나 독신 수녀가
되는 종이를 뽑지는 않을 거야. 이번에는 빈 종이를 반드시
뽑을 테니까!"

그 말이 무슨 뜻인지 궁금하던 찰나 복도에서 발걸음 소
리가 들렸다. 문이 열리더니 사랑하는 아버지가 나타나 나를
향해 팔을 뻗었다. 어떻게 거기까지 오게 되었는지는 알지
못했지만, 나는 기쁨의 눈물을 흘리며 아버지에게 달려가 그
의 가슴에 안겨 얼굴을 묻었다.

"고맙다는 말은 괜찮습니다, 필딩 씨." 삼촌이 말했다. 그
러고는 "필!"이라고 외쳤다. 가브리엘의 이름이 필립이었다.
"모어 씨를 이리로 데려오너라."

나는 이 상황이 신기하면서도 두려웠다. 아버지도 근심 가
득한 표정을 지으며 나를 곁으로 더 가까이 끌어당겼다. 모
어 형제가 비굴하고 겁에 질린 듯한 표정을 하고 방으로 들
어왔다. 그는 문 근처에 서서 그 비겁한 얼굴을 우리에게로
돌렸다. 백 배는 더 혐오스러워 보였다.

"모어 씨, 내 조카 유니스 필딩과 내일 결혼한다고 들었네."

"당신 조카인 줄은 몰랐습니다." 모어 형제가 비굴하게 대답했다. "그럴 거라고는….."

"주님께서 주신 환상이 있다고 하더군?" 삼촌이 말을 끊었다.

모어 형제는 넋이 나간 듯 주위를 둘러보다가 아래를 보며 말했다.

"망상이었습니다."

"거짓말이었어!" 가브리엘이 소리쳤다.

삼촌이 이어서 말했다. "모어 씨, 자네가 말한 그 환상이 사실이라면 내게 빚진 5천5백 파운드와 여기 있는 내 조카에게 잡다하게 빚진 돈을 모두 갚아야 하네. 그 환상이 사실이라면 무조건 따라야 해."

"사실이 아닙니다. 약혼한 프리실라에 관한 환상이었지만, 제가 유니스라고 이름을 바꿔 말했습니다."

"그렇다면 가서 프리실라와 결혼하게." 삼촌이 우습다는 듯 말했다. "필립, 이 자를 데려가거라."

하지만 프리실라는 모어 형제와 더는 상종하고 싶지 않았고, 얼마 지나지 않아 내가 조용하고 평화롭게 지낸 그 정착촌 안에 있는 독신 수녀의 집에 입소했다. 나에게 맞게 수선한 프리실라의 예복은 결국 수잔나가 입게 되었다. 수잔나는 자신이 확신한 대로 슈미트 형제의 아내로 뽑혀 서인도 제도로 떠났다. 수잔나가 그곳에서 얼마나 행복하게 지내는지 편지를 보내온다. 나는 그 후에도 한동안 내가 뽑은 종이 때문에 고민했다. 정말 모어 형제가 본 환상이 프리실라에 관한 것이라면 내가 따를 이유는 없었다. 게다가 다시는 모어 형제를 보지 못했다. 그전까지 한 번도 만난 적 없는 삼촌과 아버지는 친해졌다. 삼촌은 반드시 우리가 모두 함께 자신의 저택에서 살아야 한다고 했고, 내게는 두 사람 모두의 딸이 되어달라고 부탁했다. 우리가 그리스도 형제 연합 교회를 떠났다는 소문이 돌았지만, 사실이 아니다. 교회 안에서 못된 사람 한 명을 만났지만, 교회 밖에서 좋은 사람을 많이 만났다.

가브리엘은 좋은 사람 중 한 명이다.

V. 물속에서 복용할 것

나의 축복받은 아내 미니와 나는 결혼한 지 한 달밖에 되지 않았다. 우리는 신혼여행지였던 킬라니에서 이틀 전에 돌아왔다. 나는 롬바드 거리에 있는 슈바르츠무어 앤드 래독(회사 이름은 밝힐 수 없어서 가명으로 소개한다)이라는 은행에서 주니어 파트너로 근무하고 있었고, 신혼여행에서 돌아와서도 아직 휴가가 나흘 남아 있었다. 나는 런던 남서쪽에 위치한 작은 집에서 무척이나 행복했고, 날씨가 좋았던 10월의 아침, 산사나무 아래 앉아 따사로운 햇살 속으로 커다란 노란색 나뭇잎이 떨어지는 모습을 보며 한가로움을 맛보고 있었다. 미니가 없었다면 그렇게까지 행복하지 않았으리라.

그때 미니의 하녀인 벳시가 편지 한 통을 들고 정원으로 달려왔다. 왠지 모르게 불길했다.

슈바르츠무어 씨가 보낸 전보였다. 전보의 내용은 다음과 같았다.

"직접 정화[1]를 가지고 대륙으로 출발하기 바람. 나폴리 대부에 관한 것이라 지체 없이 진행되어야 함. 자네가 떠난 후 매우 중요한 거래가 있었음. 휴가를 방해해서 미안하네. 6시 30분까지 사무실로 오게. 런던 브리지에서 9시 15분에 출발해 도버에서 야간 보트를 타야 함."

"전보를 배달한 소년이 아직 있나?"

"소년이 오지 않고 도슨스로 가던 나이 든 신사가 가지고 왔습니다. 원래 전보를 배달하던 소년은 외출 중이었고, 신사가 우연히 우리 집을 지나가는 길이었다고 합니다."

"허버트, 가지 마요. 가면 안 돼요." 미니가 내 어깨에 기대어 고개를 숙이며 말했다. "가지 마세요."

"가야 해. 이런 일에 회사가 믿을 사람은 나밖에 없어. 일

---

1   금·은화 및 금괴.

주일 안에 다녀오겠소. 10분 안에 출발해서 4시 20분 기차를 타야 해."

"아주 중요한 전보였습니다." 나는 역장에게 날카롭게 말했다. "알지도 못하는 사람에게 전달하게 하면 안 되는 전보였어요. 내게 전보를 가져다준 노신사는 누굽니까?"

"하비, 누구지?" 역장이 못마땅한 말투로 짐꾼에게 물었다.

"도슨스에 마구간이 있어서 오는 아주 훌륭한 노신사입니다. 그곳에 말들이 있습니다."

"제닝스 씨, 이런 일이 다시는 일어나면 안 됩니다. 그렇지 않으면 보고할 수밖에 없어요. 백 파운드를 준다고 해도 그 전보가 다른 곳에 잘못 전달되는 일이 생겨서는 안 됩니다."

역장 제닝스 씨가 투덜거리며 무언가 중얼거리더니 전신원 소년의 뺨을 때렸다. 그(제닝스 씨)는 분이 풀린 듯했다.

"무척 초조하게 자네를 기다렸네." 슈바르츠무어 씨가 말했다. 나는 약속 시각보다 딱 3분 늦게 은행 응접실에 들어

섰다. "무척 불안하지 않았나, 골드릭?"

"물론입니다, 매우 불안했습니다." 체구가 작고 깔끔한 옷차림의 서기장이 말했다.

슈바르츠무어 씨는 60대 중반의 남성으로, 둥글고 붉은 얼굴에 희고 두꺼운 눈썹을 가졌다. 그런 탓에 실제보다 훨씬 나이 들어 보였다. 그는 영리하고 엄격한 사업가였다. 약간 충동적이고 규칙을 중시했지만, 예의 바르고 친절하며 배려심이 많았다.

"아내는 잘 지내나? 휴가를 방해해서 진심으로 미안하지만, 어쩔 수 없었네. 문자 조합 자물쇠로 고정한 저 철제 상자 두 개 안에는 25만 달러 가치의 금이 들어 있네. 금처럼 보이지 않도록 가죽으로 쌌지. 나폴리 왕은 반란이 일어날까 봐 걱정하네." (가리발디가 승리하기 3년 전의 일이다) "이 돈을 나폴리 톨레도 172번지에 사는 파글리아비치니 씨와 로씨 씨에게 전달하게. 곁에 흰색 별이 있는 자물쇠는 '마시니사', 검은색 별이 있는 자물쇠는 '코토팍소'라는 문자로 열 수 있네. 당연히 이 신비한 두 단어는 절대 잊지 말아야겠지. 돈이 전부 안전하게 들어 있는지 반드시 리옹에 가서 확인하게. 아무에게도 말하지 말고, 가는 길에 친구도 사귀지 말아야 해. 엄중한 임무라는 점 기억하게."

"출장 중인 세일즈맨인 척하지요." 내가 말했다.

"블래미어, 거듭 경고해서 미안하지만, 나는 자네보다 나이도 많고 정화를 가지고 이동하는 것이 얼마나 위험한 일인지도 잘 아네. 이 임무의 목적이 오늘 밤 파리에서 들통나면 마르세유로 가는 길은 목숨을 걸어야 할 만큼 위험할 거야. 툴롱의 갤리선 노예들이 자네를 잡으려고 특별히 풀려난 것처럼 말이야. 자네가 신중한 건 잘 알지만, 그래도 조심하게. 총은 가지고 가지?"

나는 외투를 열어 양복 조끼 아래 권총을 찬 벨트를 보여주었다. 그 모습을 본 나이 든 서기장이 깜짝 놀라 뒤로 물러섰다.

"좋은 생각이야!" 슈바르츠무어 씨가 말했다. "하지만 총알보다 신중함이 중요하다는 사실을 명심하게. 내일 파리에 들러 르페브르와 대장과의 거래를 마치고 밤 12시 15분까지 마르세유로 가서 금요일에 배를 타게. 자네가 마르세유에 있을 때 전보를 보내겠네. 하그레이브 씨, 파리로 보낼 편지는 준비되었나?" "네, 거의 준비되었습니다. 윌킨스 씨가 열심히 작업 중입니다."

나는 자정 무렵 도버에 도착했고, 바로 네 명의 짐꾼을 고용해 부두에서 칼레 배로 이어지는 돌계단을 따라 정화 상자를 옮겼다. 첫 번째 상자는 아주 안전하게 배에 실었다. 하지만 두 번째 상자를 내리는 동안 짐꾼 중 한 명이 미끄러져 물에 빠질 뻔했다. 건장한 나이 많은 인도 장교가 잡아주지 않았다면 물에 빠졌을 것이다. 그 인도 장교는 여러 짐 보따리를 들고 착하지만 다소 천박한 아내에게 빨리 내려가라고 재촉했다.

"조심하게. 아니, 거기에 뭐가 들었나? 쇠붙이 같은데." 그가 말했다.

"저도 모릅니다. 다만 허리가 나갈 정도로 무겁습니다." 물에 빠질 뻔한 남자가 목숨을 구해준 사람에게 퉁명스럽게 대답하며 고마움을 표시했다.

"무거운 짐을 내리기에 무척 성가신 계단입니다." 내 뒤쪽에서 친절한 목소리가 들렸다. "짐을 보니 나와 같은 직업을 가진 분 같은데."

배에 올라타기 전 나는 주위를 둘러보았다. 내게 말을 건 사람은 키가 크고 마른 남자였고, 가늘고 길쭉한 얼굴에 길고 다소 유대인 같은 코를 가졌다. 그는 키에 비해 지나치게 짧은 외투, 꽃무늬 양복 조끼, 꽉 끼는 바지, 옷깃이 높은 셔츠 차림에 조잡한 장식이 달린 밝은색의 빳빳한 목도리를 둘렀다.

나는 출장 중인 세일즈맨이며 힘든 밤이 될 듯하다고 대답했다.

"확실히 힘든 밤이 될 듯합니다. 들어가자마자 선실을 선점하는 편이 좋을 거예요. 배에 사람이 많이 탔습니다." 그가 말했다.

곧장 선실로 들어간 나는 누워서 한 시간을 보냈다. 그런 후에 눈을 뜨고 주위를 살펴보았다. 작은 테이블 중 하나에 늙은 인도인과 배를 타기 전 내게 질문을 던진 사람을 포함해 여섯 명이 앉아 있었다. 그들은 맥주를 마시며 즐거운 시간을 보내는 듯 보였다. 나는 자리에서 일어나 합석했고, 밤에 배를 타고 이동하는 것이 얼마나 별로인지 그들과 이야기를 나눴다.

"정말이지, 도저히 참을 수가 없군요!" 쾌활한 백스터 소령이 말했다(얼마 지나지 않아 그가 자기 이름을 말해주었다). "뜨거운 틴상 바람이 불 때는 숨이 막힐 지경입니다. 우리 셋이 갑판으로 나가 바람을 좀 쐬는 게 어떻습니까? 내 아내도 배 타는 것을 무척이나 힘들어합니다. 배가 멈추면 아내가 보일 겁니다, 난 알아요. 여기, 맥주 좀 갖다주게."

갑판으로 나가자, 놀랍게도 내가 가지고 온 상자와 정확히 똑같은 상자 네 개가 더 있었다. 검은색과 흰색 별이 그려진 상자였다. 다만 내 상자와 달리 그 상자에는 브랜드 표시가 없었다. 보고도 믿을 수 없었다. 하지만 가죽 커버와 문자 조합 자물쇠 등 모두가 똑같았다.

"내 짐입니다." 레비슨 씨가 말했다. 선장이 그를 그렇게 불러서 이름을 알고 있었다. "나는 매킨토쉬 가의 일 때문에 여행 중입니다. 저 상자에는 최고급 방수 외투가 들어 있습니다. 우리 가문은 40년 동안 저 상자를 사용해 왔습니다. 비슷하게 생긴 짐 때문에 사고가 발생하기도 해서 불편할 때도 있지만 말입니다. 당신 짐은 내 짐보다 훨씬 무거워 보이는데요. 가스 관련 장비, 철도 의자, 수저, 아니면 철로 만든 다른 물건인가요?"

나는 아무 말도 하지 않았다. 아니면 대충 둘러댔다.

"앞으로 잘될 겁니다. 영업 비밀은 지켜야 하니까요. 안 그렇습니까?" 레비슨 씨가 말했다.

소령이 맞장구를 쳤다. "그렇고말고요! 요즘은 조심해서 나쁠 게 없지요. 워낙 속이는 사람들이 많으니."

"칼레[2]의 빛이다!" 그 순간 누가 소리쳤다. 저 앞 깜깜한 수면 위로 따스한 빛이 번졌다.

나는 함께 배를 탄 사람들을 더는 생각하지 않았다. 우리는 파리에서 헤어졌다. 나는 내 갈 길을, 그들은 그들의 갈 길을 갔다. 소령은 리옹 근처 드로몽에 들렀다가 알렉산드리아로 가는 길에 마르세유로 향할 예정이었다. 레비슨 씨도 나와 소령과 마찬가지로 목적지는 마르세유였지만, 파리에서 할 일이 많다며 나와 같은 기차를 타지 않았다.

나는 파리에서 거래를 끝내고 절친한 친구 르페브르 필과 팔레 왕궁으로 가는 길이었다. 시간은 6시쯤이었고, 생 오노레를 건너고 있었다. 키가 크고 거대한 흰색 외투를 입은 유대인 같아 보이는 남자가 지나갔다. 레비슨 씨였다. 그는 개방형 마차를 타고 있었고, 그의 옆에는 상자 네 개가 놓여 있었다. 그에게 인사했지만, 그는 나를 알아보지 못했다.

"저 우스꽝스러운 사람은 누군가?" 내 친구가 파리지앵답게 오만한 투로 물었다.

---

2 프랑스의 항구 도시.

나는 전날 밤 함께 배를 탔던 승객이라고 대답했다.

그리고 레비슨 씨를 마주쳤던 그 똑같은 길에서 기차역으로 향하던 소령 부부도 만났다.

"지독한 도시군요." 소령이 말했다. "양파 냄새가 진동해요. 내가 이 도시의 주인이라면 한 집도 빠뜨리지 않고 씻어버리고 싶습니다. 내 정신 건강에 좋지 않아요, 결코 좋지 않아. 줄리아, 이분은 지난밤 나와 함께 배를 탄 유쾌한 분이요. 참, 방금 다른 세일즈맨도 보았습니다! 그는 뛰어난 사업가입니다. 관광은 전혀 안 하고 종일 증권소와 은행만 돌아다니니. 언젠가는 시니어 파트너가 될 겁니다."

"몇 명 더 남았나?" 유쾌한 소령과 악수하고 헤어지자, 르페브르가 말했다. "좋은 사람이야. 활기가 지나쳐, 넘쳐흘러. 허나 게으른 향락주의자 중 한 명 같아. 내가 확신하건대, 자네 인도 군대에는 개혁이 필요해. 그렇지 않으면 한 줌의 모래처럼 손가락 사이로 빠져나갈걸. 내 말이 맞을 거야."

자정이 되어 기차를 타기 위해 종착역에 도착한 나는 옮겨지는 짐을 지켜보았다. 그때 마차 한 대가 멈췄고, 한 영국인이 내리더니 유창한 프랑스어로 마부에게 5프랑을 거스름돈으로 달라고 했다. 레비슨 씨였다. 하지만 나는 사람들에게 앞으로 떠밀리는 바람에 그의 모습을 더는 볼 수 없었다.

내가 탄 객차에는 승객이 두 명밖에 없었다. 여행용 망토와 후드가 달린 긴 외투를 입고 있어서 마치 곰 두 마리가 앉아 있는 듯했다.

파리의 불빛에서 벗어나 캄캄한 시골로 접어들며 나는 잠이 들었다. 꿈속에 사랑하는 아내와 그리운 집이 나왔다. 불안감이 엄습했다. 상자의 자물쇠를 여는 비밀 문자를 잊어버리는 꿈도 꿨다. 온갖 신화, 역사, 과학 지식을 떠올려보았지만, 헛된 노력이었다. 그러고는 나폴리의 톨레도 172번지에 위치한 은행 응접실에서 비밀 문자를 알려주지 않거나 상자를 숨겨둔 장소를 말해주지 않으면 나를 지금 당장 죽여 버리겠다는 군인들을 만났다. 꿈속에서 나는 상자를 왜 숨겼는지 알지 못했다. 그 순간 지진이 도시를 집어삼키며 창문 아래로 불길이 밀려 들어왔다. 베수비오산이 무너져 우리를 덮쳤다. "하늘이시여, 내게 그 단어를 알려주소서!" 나는 고통 속에서 처절하게 외쳤다. 그러다가 꿈에서 깼다.

"드로몽! 드로몽! 6분 뒤 도착 예정입니다." 누군가가 프랑스어로 외쳤다.

갑작스러운 불빛에 나는 눈을 반쯤 뜬 채 비틀거리며 간이

식당으로 가서 커피 한 잔을 주문했다. 시끄러운 젊은 영국인 관광객 서너 명이 정신없이 들어와서는 차분하게 서 있던 노인을 에워쌌다. 또 레비슨이었다! 젊은이들은 승리를 자축하며 레비슨을 앞세워 샴페인을 주문했다.

"좋았어!" 무리의 우두머리처럼 보이는 사람이 말했다. "당신도 한 잔 하시오. 세 판이나 이겼는데 당신 덕분이지 않소. 이리 와서 좀 즐겨요. 금박 뚜껑이 달린 클리코 한 잔 하시오. 리옹에 도착하기 전에 복수할 기회를 주겠소."

레비슨은 조금 전 게임에 관해 즐겁게 수다를 떨며 와인을 마셨다. 몇 분 만에 젊은이들은 샴페인을 비우고 담배를 피우러 나갔다. 그 순간 레비슨과 눈이 마주쳤다.

"세상에 이런 일이! 다시 만나서 반갑습니다. 이리 와서 샴페인 한 잔 하세요. 여기, 한 병 더 주시오. 리옹에 도착하기 전까지 당신과 함께하기를 바랍니다. 저들과 같이 있으니 정신이 무척 사납습니다. 그리고 나는 원칙적으로 게임에 큰돈을 거는 것을 반대하는 입장입니다."

레비슨이 웨이터가 가져다준 샴페인 병을 손에 들었다.

"괜찮습니다. 나는 절대 다른 사람이 나 대신 와인을 따는 것을 용납하지 않습니다." 그가 내게서 등을 돌려 코르크의 철사를 제거하고 내 잔을 채웠다. 그때 건장한 체격의 한 남자가 나와 악수하려고 다가왔다. 그가 너무 활기차게 다가오는 바람에 샴페인 병이 깨지고 말았다. 한 방울도 남기지 않고 모두 쏟았다. 소령이었다. 늘 그렇듯 그는 패기가 넘치고 과도하게 부산했다.

"맙소사. 죄송하게 됐습니다. 한 병을 새로 주문하지요. 모두 잘 지냈습니까? 두 분을 여기에서 다시 만나다니 정말 영광입니다. 줄리아는 짐을 지키고 있습니다. 함께 있으니 정말 편안합니다. 여기 샴페인 좀 더 주시오. 병을 프랑스어로 뭐라고 하더라? 참으로 부끄럽군요! 줄리아의 프랑스 친구들이 우리가 온다는 사실을 까맣게 잊어버리고는 비아리츠로 떠났습니다. 런던에서 무려 6주나 함께 지내놓고 말이에요. 정말 터무니없는 일이지요. 세세하게 말하면 그렇습니다. 이런, 종이 울리는군. 우리 같은 객차를 탑시다. 주문한 샴페인은 가져오지 않을 생각인가 보군."

레비슨은 짜증이 난 표정이었다. "한두 역 정도는 볼 수 없을 듯합니다. 젊은이들에게 가서 복수전을 해야 합니다. 무려 20기니나 잃었습니다! 집을 떠난 후로 가장 무모한 짓을 벌인 듯합니다. 안녕히 가시오, 백스터 소령. 블래미어 씨도 잘 가시게!"

휘스트 게임을 무척이나 즐기는 이 노인이 내 이름을 어떻게 알았는지 문득 궁금해졌다. 내 짐에 달린 이름표를 보았으리라 생각했다.

번쩍이는 진홍색과 초록색 불빛, 점호원의 고함, 줄지은 포플러 나무, 교외의 집들을 지나쳐 다시 어둠 속으로 들어섰다.

소령은 무척 유쾌하고 재치 있는 사람이었지만, 까다롭고, 착하고, 간섭하기 좋아하고, 남성적인 아내에게 붙잡혀 사는 듯했다. 그는 방갈로, 복합 건축물, 언덕 등 온갖 주제에 관해 이야기를 늘어놓았다. 그런데도 백스터 부인은 끊임없이 그의 이야기에 끼어들었다.

"나도 이 일을 그만두고 당신처럼 물건을 팔고 싶습니다. 인도라면 정말 지긋지긋해요. 건강만 해치는 지독한 곳이지요."

"존, 어떻게 그런 말을 해요. 메이슨 대위의 체루트 담배 한 갑을 통째로 피웠던 그 주 말고는 살면서 아파본 적이 단 한 번도 없잖아요."

"그래도 잘 견뎌냈잖소." 소령이 자기 가슴을 세차게 치며 말했다. "하지만 승진만큼은 억세게도 운이 없었지. 나는 모든 일에 운이 따르지 않는 편입니다. 말을 사면 다음 날 절름발이가 되질 않나, 기차를 타면 꼭 고장 나곤 합니다."

"여보, 그만하지 않으면 정말 화낼 거예요. 말도 안 되는 소리를 하잖아요. 이번엔 꼭 될 테니, 나처럼 참고 기다려요. 조금 더 차분하게 행동해요. 당신 모자 상자에 표시를 해두면 좋겠어요. 당신 칼집은 어디에 뒀나요? 내가 아니면 당신은 달랑 외투 하나만 걸치고 수에즈에 도착할 판이에요."

그때 기차가 샤르몽에 도착했다. 레비슨이 팔에 흰색 외투를 걸치고 우산과 지팡이 여러 개를 든 채 발을 헛디디며 들어왔다.

"금화를 거는 게임은 더는 안 할 겁니다!" 그가 카드 한 벌을 내밀며 말했다. "소령과 백스터 부인이 브리지 게임을 한 판 하고 싶으면 가르세요. 다만 실링을 걸고 하겠습니다. 편을 나눕시다."

우리는 기꺼이 동의하고 카드 게임을 하려고 편을 나눴다. 나와 백스터 부인이 한 편, 소령과 레비슨이 한편이 되었다. 나와 백스터 부인이 거의 모든 판에서 승리했다. 레비슨은 너무 신중했고, 소령은 웃고 떠드느라 어떤 카드가 나왔는지 매번 기억하지도 못했다.

시간을 때우기에는 좋았다. 빨간색과 검은색의 숫자들과 무늬들이 나타났다가, 바뀌었다가, 예상치 못한 순서로 놓였다. 소령은 운이 좋게도 너무 좋은 카드만 뽑아서 우리를 놀라게 했다. 레비슨의 과도한 신중함과 백스터 부인의 승리에 대한 욕심에 우리는 웃었다. 야간열차의 희미한 불빛 아래에서도 우리는 시끌벅적하게 즐거웠다. 그럼에도 정화가 든 중요한 상자들 생각이 내 마음을 떠나지 않았다.

우리는 마치 날아다니는 마법의 카펫 위에 앉은 네 명의 아라비아 왕자처럼 아무것도 보지 않고, 아무것도 듣지 않고, 우리가 기차로 이동하는 사실도 잊은 채 서둘러 프랑스를 지나갔다.

게임을 중단하는 일이 늘어났고, 대화도 늘어났다. 여전히 목도리를 두르고 목을 빳빳하게 세운 레비슨은 어느 때보다 차분하고 신중했지만, 수다스러워졌다. 그가 자신이 하는 일에 관해 이야기하기 시작했다.

그가 신중하고 침착하게 말을 이어갔다. "수년간 이 주제에 관심을 기울인 끝에 마침내 방수업체들이 오랫동안 그토록 알고 싶어 하던 위대한 비밀을 찾았습니다. 몸에서 더운 공기를 배출하는 동시에 비를 차단하는 방법 말입니다. 런던으로 돌아가면 이 비밀을 매킨토시 회사에 만 파운드에 팔 예정입니다. 만약 그들이 이 제안을 거절하면 파리에 상점을 열어 나폴레옹 황제의 이탈리아 원정 대성공을 기리는 뜻에서 그 새로운 천을 마젠토시라고 부르며 백만 달러를 벌 생각입니다. 이것이 내 계획입니다."

어떤 주제든 자기 이야기를 참지 못하는 백스터 부인이 소령에게 말했다. "당신이 레비슨 씨처럼 조금이라도 신중하고 활기찼다면 이미 오래전에 연대의 대령이 되었을 거예요."

이후 레비슨 씨는 자물쇠로 화제를 돌렸다.

"나는 항상 문자 조합 자물쇠를 사용합니다. 내가 신봉하는 단어 두 개는 바로 '투브러레트'와 '파파가요'지요. 오래된 프랑스 희극에서 들어본 단어인데, 혹시 무슨 뜻인지 아는 분 있나요? 세상에서 가장 노련한 도둑도 저 단어 하나를 해독하는 데 일곱 시간이 걸릴 겁니다. 그만큼 문자 조합 자물쇠는 안전합니다. 그렇지 않습니까?" (그가 나를 바라보았다)

나는 무미건조하게 그렇다고 대답하고 기차가 몇 시에 리옹에 도착하는지 물었다.

"4시 30분." 소령이 대답했다. "5분만 있으면 4시네요. 이유는 잘 모르지만, 어쩐지 오늘 밤 기차가 고장 날 듯한 예감이 드는군요. 내게는 항상 그런 일이 일어나니 말입니다. 호랑이 사냥을 나서면 항상 호랑이는 내가 탄 코끼리를 노렸습니다. 지저분한 외딴 요새로 배정받는 건 항상 내 부대였고. 미신처럼 들릴지 모르지만, 마르세유에 도착하기 전 기차가 고장 날 듯합니다. 얼마나 빨리 달리는지 객차가 흔들리는 것 좀 보세요!"

나도 모르게 긴장했지만, 그 사실을 들키지 않으려고 애썼다. 혹시 소령이 나를 상대로 어떤 계략을 꾸미는 악당일까? 그럴 리 없다. 마냥 유쾌하기만 한 저 붉은 얼굴과 선함과 순수함이 깃든 눈을 보면 절대 그럴 리 없다.

"말도 안 되는 소리하지 말아요. 항상 이런 식으로 여행을 망치잖아요." 백스터 부인이 잘 준비를 하며 말했다. 레비슨은 자신의 어린 시절과 조지 4세 시절 본드 스트리트의 크라바트[3] 상점에서 일한 경험담을 풀어놓기 시작했다. 그는 오래전 의복에 관해 신나서 열정적으로 떠들어댔다.

---

3   넥타이처럼 매는 남성용 스카프.

"저급한 급진주의자들은 유럽 최초의 신사라는 수식어를 반대했습니다. 터무니없는 소리지요. 나는 그를 기억하는 것조차 대단하게 생각합니다. 그는 재치 있고, 재치 있는 자들과 어울렸지요. 아낌없이 관대했고, 가난하고 비참한 경제 상황을 경멸했습니다. 그는 옷도 잘 입고 잘생겼습니다. 매너도 완벽한 진정한 신사였지요. 지금은 초라하고 보잘것없는 시대를 살아갑니다. 내가 어렸을 적에는 크라바트가 최소 스물네 개, 고래수염⁴ 네 개, 크라바트의 주름을 펴고 모슬린 천의 가장자리를 균일하게 얇게 말아 올릴 다리미 없이는 어디를 갈 생각조차 하지 않았어요. 크라바트를 매는 방법도 무려 열여덟 가지가 넘습니다. 다이앤 크라바트, 랑글레즈 크라바트, 고르디앙 크라바트 등이 있었지요."

기차가 흔들리다가 속도가 점차 줄어들더니 곧 완전히 멈췄다.

소령이 창밖으로 고개를 내밀어 지나가던 경비원에게 소리쳤다.

"여기가 어딥니까?"

---

4 과거 옷을 빳빳하게 하는 데 사용함.

"리옹에서 20마일 떨어진 포트 루즈입니다."

"무슨 일이에요? 무슨 문제라도 생겼습니까?"

옆 객차 창문에서 영국인이 물었다.

"바퀴가 고장 났다고 합니다. 두 시간 정도 기다렸다가 짐을 옮겨야 합니다."

"이럴 수가!" 나도 모르게 소리쳤다.

레비슨도 고개를 창밖으로 내밀었다. "안타깝지만, 사실입니다." 레비슨이 고개를 다시 집어넣었다. "적어도 두 시간은 지체된다고 합니다. 무척 피곤하지만, 여행하다 보면 이런 일이 일어나기 십상이지요. 차분하게 받아들이고 커피나 한 잔 하며 러버 브리지 게임 한판 하지요. 짐은 각자 챙겨야 할 듯합니다. 아니면 블래미어 씨가 가서 저녁 식사를 주문하면 내가 짐을 옮기지요. 잠깐, 저기 역 램프 옆에 빛나는 게 뭐지? (소령과 대화를 나눴던 경비원을 부르며) 이봐요! 역에서 무슨 일이 일어나고 있습니까?"

경비원이 인사했다. "제1부대 소속 군인들인데, 살롱으로 가려고 역에 있었다고 합니다. 역장이 이들에게 짐칸에 있는 짐들을 옮기라고 했습니다. 열차 안에 정부의 귀중품이 보관되어 있어서 승객은 짐칸으로 들여보내지 말라는 지시를 받았습니다."

레비슨은 바닥에 침을 뱉고 혼잣말로 욕했다. 프랑스 철도에 하는 말 같았다.

"세상에, 저렇게 어설픈 마차를 본 적 있습니까?" 백스터 소령이 역 근처 울타리 아래 세워진 마차 두 대를 가리키며 말했다. 마차에는 튼튼한 말 네 마리가 연결되어 있었다. 우리는 포트 루즈 마을 초입에서 백 야드 정도 떨어진 첫 번째 전차대까지 어렵게 왔다.

레비슨과 내가 우리 짐을 가져가려고 무척 애썼지만, 군인들이 짐 근처에 오는 것을 완강히 막았다. 하지만 내 짐을 조심스럽게 옮기며 무겁다고 욕을 해대는 모습을 보고 안심이 되었다. 경비원의 말대로 정부의 짐들은 보이지 않았고, 나는 이 사실을 소령에게 말했다.

"오, 예리하군요. 아주 예리해요. 어쩌면 왕비의 보석을 싣고 왔을지도 모르지요. 보석이라면 작은 상자에 넣어왔을 테니. 그렇다면 이 혼란 가운데 누가 훔쳐 가도 모를 겁니다."

바로 그때 무언가 알리는 듯 귀가 아플 정도로 날카로운 휘파람 소리가 들렸다. 마차에 연결된 말들이 질주하더니 시야에서 사라졌다.

"야만인들, 여전히 한낱 야만인들에 불과해. 철도를 사용하게 해줬는데도 사용할 줄 모르다니." 소령이 말했다.

"여보!" 아내가 따끔하게 질책했다. "이 외국인들의 마음도 헤아려줘야 해요. 그리고 당신은 장교이자 신사라는 점을 잊지 말아요."

장교가 두 손을 비비며 호탕하게 웃었다.

"끔찍한 멍청이 무리 같으니라고." 레비슨이 외쳤다. "여기도 군인, 저기도 군인, 온통 군인들뿐이군. 군인 없이는 아무것도 할 수 없나 봐."

"조심해서 나쁠 건 없지요." 백스터 부인이 말했다. "프랑스에는 워낙 특이한 사람이 많으니까요. 식당에서 옆 테이블에 앉은 사람이 전과자라 해도 놀랍지 않은 곳이에요. 여보, 3년 전 카이로에서 무슨 일이 있었는지 기억해요?"

"여보, 카이로와 프랑스는 다른 곳이에요."

"나도 알아요. 그런데 프랑스식 호텔이었잖아요. 그러면 같은 거나 마찬가지죠." 백스터 부인이 뾰로통하게 말했다.

"난 낮잠 좀 자야겠습니다. 피곤하군요." 세 시간 연착 후 드디어 마르세유행 열차에 자리를 잡은 소령이 말했다. "다음에는 배가 고장 날 겁니다."

"여보, 하늘을 노하게 할 그런 말은 하지 말아요." 백스터 부인이 말했다.

레비슨은 다시 섭정 왕자(조지 4세)와 그의 다이아몬드 견장과 그의 독특한 크라바트에 관한 이야기를 실컷 늘어놓았다. 하지만 내 귀에 레비슨의 말은 늘어지다가 점차 들리지 않았다. 오직 차분한 속삭임과 바퀴가 덜거덕거리는 소리만이 귓가에 울렸다.

또 어수선하고 불안한 꿈을 꾸었다. 카이로의 좁고 어두운 거리를 지나가는데, 낙타들이 나를 밀치고 흑인 노예들이 내 목숨을 위협했다. 공기는 사향 냄새로 무거웠고, 베일로 얼굴을 가린 사람들이 창문에서 나를 내려다보았다. 그러다가 갑자기 장미 한 송이가 내 발 앞에 떨어졌다. 고개를 들어보니 미니와 비슷하게 생긴 얼굴이 물 주전자 뒤에서 힐끔거리며 미소를 지었다. 다만 영양처럼 크고 맑은 검은 눈이었다. 그 순간 번쩍이는 검을 손에 든 마멜루크[5] 네 명이 말을 타고 전속력으로 나를 향해 질주해 왔다. 꿈속에서 나는 단 한 가

_____

5 이슬람교 국가의 백인 노예.

지만 바랐다. 바로 내 자물쇠의 비밀 문자를 외우는 것이었다. 마멜루크가 탄 말들이 나를 짓밟기 직전이었다. 나는 힘겹게 외쳤다. "코토팍소! 코토팍소!" 그때 누군가가 나를 거칠게 흔드는 바람에 꿈에서 깼다. 소령이었다. 여전히 유쾌해 보였지만, 표정만은 근엄했다.

"왜 이렇게 잠꼬대를 합니까. 도대체 왜 그런 거예요? 나쁜 버릇입니다. 아침 먹을 시간이에요."

"내가 무슨 말을 했습니까?" 놀란 마음을 들키지 않으려 애쓰며 물었다.

"외국어로 쓸데없는 말만 했어요."

"내 생각에는 그리스어였습니다. 그런데 확실하진 않아요." 레비슨이 말했다.

우리는 마르세유에 도착했다. 아몬드 나무와 흰색 빌라를 보니 무척 반가웠다. 내 짐을 가지고 배를 타면 더 안전하게 느껴질 듯했다. 의심이 많은 성격은 아니지만, 리옹에서 출발해 해안 지방에 도착하는 기나긴 여정 동안 잠이 들었다가 깰 때마다 소령이건 백스터 부인이건 나를 지켜보고 있었다는 사실에 흠칫했다. 레비슨은 지난 네 시간 동안 쉴 새 없이 잤다. 조금 전까지는 우리 모두 말수가 줄고 심지어는 우울해 보이기까지 했지만, 마르세유에 도착하는 순간 얼굴이 밝아졌다.

"호텔 드 론드레스! 호텔 드 이유니버스! 호텔 임페리얼!" 짐을 찾으려고 서 있는 동안 호객꾼들이 프랑스어로 이렇게 외쳤고, 우리는 같은 곳으로 이동하기로 했다.

"당연히 임페리얼 호텔이지. 가장 좋은 곳이니까." 소령이 말했다.

외눈박이 혼혈 호객꾼이 슬그머니 우리에게 다가왔다.

"임페리얼 호텔, 제가 임페리얼 호텔에서 나왔습니다. 만실입니다. 방이 하나도 없어요."

"그것 봐요! 이제 배가 고장 날 차례군."

"배는 보일러가 고장 나서 밤 12시 30분쯤 출발할 예정입니다."

"어디로 갈까요?" 내가 뒤돌아보자, 나머지 일행 세 명이 모두 아무것도 모른다는 듯 그저 미소만 지었다. "우리 여정은 불운으로 가득할 운명인 듯합니다. 이별의 만찬으로 만회하면 어떨까요? 전보 업무만 끝내면 11시 30분까지 시간이 괜찮습니다."

"호텔 데에트랑제로 가시지요. 작지만 아주 괜찮은 호텔입니다." 레비슨이 말했다.

"그곳은 아주 저질스러운 도박장입니다!" 소령이 마차에 올라타며 체루트[6]에 불을 붙이고 말했다.

레비슨이 자세를 똑바로 고쳐 앉으며 말했다. "주인이 바뀌어 새롭게 단장했습니다. 그렇지 않으면 그곳을 추천하지 않았을 겁니다. 믿어도 됩니다."

"사과하지요. 그건 몰랐습니다." 소령이 흰색 모자의 넓은 챙을 살짝 들어 올리며 말했다.

"그러니 다시는 그렇게 말하지 마세요."

"여보, 당신은 정말 성질 급한 얼간이 같다니까요." 백스터 부인이 말했고, 마차는 출발했다.

중앙에 식탁이 있고 구석에 허름한 당구대가 놓인 휑한 응접실로 들어섰을 때 소령이 말했다. "극장에 가기 전에 나는 씻고 옷을 갈아입어야겠습니다. 그리고 당신이 전보 업무를 보는 동안 산책할 겁니다. 여보, 당신이 먼저 올라가서 방을 좀 둘러보구려."

"우리 여자들을 정말 노예같이 부려 먹는다니까!" 백스터 부인이 우아하게 방을 나가며 말했다.

6　엽권련.

"그렇다면 나는 상점이 영업을 종료하기 전에 비즈니스를 좀 해야겠습니다. 여기 카나브레에도 직원이 있습니다." 레비슨이 나갈 채비를 하며 말했다.

"2인용 침대가 있는 객실은 두 개밖에 없다고 합니다." 우리를 이곳으로 데려온 외눈박이 호객꾼이 말했다.

"괜찮습니다." 조금 짜증이 난 듯한 레비슨이 바로 대답했다. "이 친구는 오늘 밤배를 타고 떠나니, 여기에서 묵을 필요가 없습니다. 짐은 내 방에 두세요. 그리고 혹시 친구가 먼저 들어올지도 모르니, 그에게 키를 주세요."

"그러면 이제 다 해결됐습니다." 소령이 말했다. "잘됐어요!"

전신국에 도착하자, 런던에서 보낸 전보가 나를 기다리고 있었다. 가히 놀랄 만한 내용의 전보를 보고 나는 두려워졌다. 전보의 내용은 다음과 같았다.

"큰 위험에 처했으니, 해안가에서 잠시도 지체하지 마시오. 누군가가 당신을 상대로 음모를 꾸미고 있으니, 지사에게 경호원을 붙여달라고 하시오."

소령이 틀림없다! 그의 손아귀에 놀아났다! 마냥 친절하고 쾌활하기만 한 그의 모습은 모두 나를 속이기 위한 수단이었다. 지금, 이 순간에도 그가 내 짐을 가져가고 있을지 모른다. 나는 회신을 보냈다.

"마르세유에 안전하게 도착. 지금까지는 아무 일 없음."

내가 맡은 짐을 도난당하면 우리 집안이 얼마나 처절하게 망가질지를 생각하며, 그리고 사랑하는 미니를 생각하며 나는 서둘러 호텔로 돌아갔다. 호텔은 항구 근처 지저분한 좁은 골목길에 위치했다. 길을 따라 내려가는데, 한 남자가 출입구에서 뛰쳐나와 내 팔을 잡았다. 웨이터 중 한 명이었다. 그가 나를 재촉하며 프랑스어로 말했다. "서두르세요. 백스터 소령이 지금 당장 선생님을 만나고 싶어 합니다. 시간이 없어요."

나는 얼른 호텔로 달려가 소령이 있는 응접실로 들어갔다. 소령은 매우 흥분한 상태로 방안을 오가고 있었다. 백스터 부인도 불안한 눈빛으로 창밖을 바라보고 있었다. 내가 알던 사람들이 아닌 듯했다. 나를 본 소령이 달려와 내 손을 잡았다. "나는 사실 형사고 내 이름은 아노트입니다. 레비슨은 악명 높은 도둑이에요. 지금 그가 방에서 정화 상자를 열어보고 있습니다. 그를 잡을 수 있게 당신이 나를 도와야 합니다. 나는 그가 어떤 짓을 할지 미리 알고 있었습니다. 그가 자기 계획을 실행에 옮길 때 잡으려고 했습니다. 줄리아, 블래미어 씨와 내가 다녀오는 동안 저기 브랜디랑 물을 마저 마셔요. 혹시 권총을 지니고 있습니까? 레비슨이 혹시라도 공격할지 모르니 말입니다. (그가 지팡이를 꺼내며 말했다) 나는 총보다는 이걸 선호하는 편입니다."

"방에 권총을 두고 왔습니다." 내가 숨죽이며 말했다.

"큰일이군. 하지만 괜찮습니다. 그가 공격할 것 같지는 않으니. 아마 그럴 생각조차 못 할지도 모르지. 나와 동시에 문으로 달려가야 합니다. 문은 쉽게 열 수 있을 겁니다. 15번 방입니다. 신중하게 행동해요!"

우리는 문 앞에 도착해 잠시 귀를 기울였다. 동전이 짤랑거리는 소리가 들렸다. 레비슨은 내가 잠결에 한 말을 되뇌며 음산하게 웃었다. "코토팍소라니. 하하!"

소령의 신호가 떨어지고 우리는 문을 향해 몸을 던졌다. 문이 흔들리며 금이 가더니 산산조각 났다. 상자는 이미 열려 있었다. 레비슨의 손에는 권총이 들려 있었고, 상자에서 나온 금화가 발목까지 수북이 쌓여 있었다. 허리에 두른 광부들이 착용하는 커다란 벨트와 옆구리에 매단 짐가방도 이미 금화로 가득 채워져 있었다. 발치의 여행용 가방도 절반

정도 차 있었다. 레비슨은 그 가방을 던져 창문을 열었고, 가방에서는 금화가 우르르 쏟아져 나왔다. 그는 한마디도 하지 않았다. 창문에는 이미 줄이 매달려 있었다. 옆 골목으로 금화를 채운 가방들을 내릴 준비가 되었거나 이미 몇 개는 내린 듯했다. 그가 휘파람을 불자, 어떤 운송 수단이 끵음을 내며 도망갔다.

"항복해, 이 망할 자식! 네가 누군지 이미 알고 있다." 소령이 소리쳤다. "항복해! 이제 잡혔어."

레비슨은 아무 말 없이 그저 권총의 방아쇠를 당겼다. 다행히 총알은 발사되지 않았다. 내가 깜빡하고 총알을 넣어두지 않았다.

"이 망할 총이 발사가 안 된다니. 이번에는 자네가 이겼네." 레비슨이 조용히 속삭였다. 그러고는 화가 난 듯 갑자기 권총을 소령에게 던지더니 창문을 열고 뛰어내렸다.

나도 그를 따라 크게 소리를 지르며 창문에서 뛰어내렸다. 다행히 1층 방이었다. 아노트는 남은 돈을 지키기 위해 방에 남았다.

잠시 후 군인, 선원, 길거리의 온갖 사람들, 짐꾼들이 떼를 지어 희미한 불빛 아래에서 (길거리의 가로등이 이제 막

켜지기 시작했다) 비명과 야유를 퍼부으며 그를 전속력으로 쫓았다. 모두가 부두를 가득 메운 장애물을 토끼처럼 이리저리 피하며 달렸다. 총알 수백 발이 그를 향해 발사되었다. 그를 잡으려고 수백 개의 손을 뻗었다. 그가 누군가의 손에 붙들려 몸부림치다가, 넘어졌다가, 누군가를 뛰어넘었다. 주아브병[7]에게서 간신히 벗어났지만, 그는 계류용 밧줄에 걸려 머리부터 바다로 떨어졌다. 그가 바닷물을 튀기고 단 한 번의 비명을 지르고는 깜깜한 물속으로 사라졌다. 바닷물을 비추던 가로등 불빛이 수면 위에서 움직이며 반짝였다. 나는 근처 계단으로 달려가 헌병들이 배를 타고 가서 시체를 갈고리로 끌어오기를 기다렸다.

"이 늙은 도둑들은 교활한 여우입니다. 이 자를 툴롱에서 본 기억이 납니다. 보는 순간 알았습니다. 그는 배 아래로 잠수해서 바지선에 올라타 숨었어요. 이제 다시는 그를 볼 일은 없을 겁니다." 나를 배에 태워준 늙은 헌병이 말했다.

"다시 볼 수 있습니다. 여기 있거든요!" 또 다른 헌병이 허리를 숙이더니 시신의 머리채를 잡아 물 밖으로 들어 올렸다.

---

7   프랑스 보병.

"아주 교활한 작자입니다." 우리 뒤쪽 보트에 탄 한 남자가 말했다. 아노트였다. "괜찮은지 보러 왔습니다. 돈은 안전합니다. 줄리아가 지키지요. 언젠가는 잡힐 줄 알았는데, 드디어 잡혔군요. 당신도 정말 위험했습니다. 돈은 포기하고 당신이 잠 들었을 때 그가 목을 베었을 겁니다. 다행히 내가 그자의 계략을 알고 있었어요. 그는 내가 누군지 몰랐지만. 오랜만에 이렇게 악랄한 놈을 대상으로 임무를 수행했군요. 이제 신경 쓰지 않아도 돼. 정말 다행이야. 자, 시체를 이리로 옮기게. 몸에 지닌 돈을 가져와야 하니까. 적어도 이 돈 때문에 저자가 잡혔으니, 다행이라고 생각해야지."

불빛 아래에서 마주한 그의 긴 얼굴은 죽어서도 왠지 모르게 점잖아 보였다.

아노트는 호텔로 돌아가는 길에 유쾌하게 모든 것을 이야기해 주었다. 아노트와 백스터 부인(알고 보니 그녀도 요원이었다)에게 진심으로 감사를 표했다. 내가 출발한 그날 밤, 아노트는 런던 본부로부터 나를 따라다니며 레비슨을 감시하라는 명령을 받았다. 상황이 너무 급박하게 돌아가서 설명할 시간조차 없었다고 했다. 기차 기관사는 뇌물을 받고 포트 루즈에서 엔진이 고장 나도록 했고, 레비슨의 공범들은 혼란스러운 깜깜한 밤에 짐을 실어 나르려고 수레를 준비해 기다리고 있었고, 심지어는 폭동과 싸움을 연출하기도 했다. 다행히 아노트가 파리에서 경찰을 시켜 리옹에서 군인을 보내 역에서 준비 태세를 취하라고 전보를 쳐 이 계획을 좌절시켰다. 아노트가 쏜 샴페인에는 약물이 들어 있었다. 첫 번째 시도에 실패한 레비슨은 다른 방법을 찾기로 결심했다. 내가 잠결에 문자 조합 자물쇠의 비밀을 폭로하는 바람에 그는 상자 하나를 열게 되었다. 배가 고장 난 것은 순전히 우연이었다(적어도 지금은 그렇게 생각한다). 레비슨은 고장 난 배를 마지막 기회라고 생각했다.

아노트 덕에 나는 그날 밤 돈을 한 푼도 잃지 않고 마르세유를 떠났다. 이후 여행은 순조로웠다. 굉장히 좋은 조건으로 나폴리에 돈을 빌려주었다. 우리 가정 역시 그 후로 더 풍족해졌다. 미니와 나도 더 행복하고 풍족한 삶을 살게 되었고, 식구도 늘었다.

VI. 소금 한 알과 함께 복용할 것

나는 지적, 문화적 수준이 월등히 뛰어난 사람들도 자신이 겪은 심리적 경험이 특이하다고 판단될 때 그것을 다른 이에게 전달하려는 용기가 부족하다고 늘 생각해 왔다. 대부분의 사람은 자신의 경험을 전할 때 상대방이 그것을 진정으로 이해하지 못하거나 아무 반응이 없을까 봐, 그 경험이 사실인지 의심받고 비웃음거리가 될까 봐 두려워한다. 바다뱀의 형상을 한 기이한 생물체를 본 여행자는 자기가 본 바를 거리낌 없이 이야기한다. 하지만 동일한 사람도 어떤 특이한 예감, 충동, 생각의 변화, 환상(소위), 꿈이나 다른 놀라운 정신적인 인상을 이야기하는 것은 때때로 상당히 망설인다. 이처럼 침묵

하는 이유는 그런 주제가 가진 모호함 때문이다. 우리는 습관적으로 객관적인 창작의 경험을 나누는 만큼 주관적인 사건의 경험은 나누지 않는다. 그 결과 개인의 주관적인 경험은 그 양이 이례적으로 적고 질적으로도 비참할 만큼 불완전하다.

지금부터 언급할 내용을 통해 어떤 이론을 세우거나, 반박하거나, 옹호할 의도는 전혀 없다. 나는 베를린 서점의 역사를 알고 있고, 데이비드 브루스터 경[1]의 입으로 전해져 내려온 잉글랜드 왕실 천문학자 아내의 이야기를 연구했고, 내 친한 친구들 사이에서 발생한 훨씬 놀라운 착시 현상에 관해서도 아주 자세하게 추적했다. 착시 현상을 겪은 사람(여성)은 우리 집안사람이 전혀 아니며 나와는 아무 관련이 없다는 사실을 밝힌다. 그 여성이 나와 어떤 관련이 있다는 잘못된 가정으로 내가 경험한 일의 일부는 설명할 수 있을지 모르나 전적으로 근거가 없을 수도 있다. 그 경험은 내 가족으로부터 내려온 어떤 특이한 면과도 전혀 관련이 없다. 게다가 이전에도, 그 사건 이후에도 이와 비슷한 경험은 한 적이 없다.

잉글랜드에서 일어난 살인 사건이 얼마나 오래전에, 또는

---

1   스코틀랜드의 과학자, 발명가 및 학자.

얼마나 최근에 발생했는지는 전혀 중요하지 않다. 그 살인 사건은 많은 이들의 주목을 받았다. 흉악한 만행으로 사람들의 입에 오르내리는 일이 잦아지며 그 살인마의 이야기를 불필요하게 많이 듣게 되었다. 할 수만 있다면 그 살인마의 시신이 뉴게이트 감옥에 묻혔듯이 이 특별한 짐승의 기억도 묻어버리고 싶다. 그에 대한 직접적인 단서는 의도적으로 밝히지 않는다.

살인 현장이 처음 발견되었을 때, 단언할 수는 없지만, 이후 재판에 회부된 남자가 살인을 저질렀으리라고는 아무도 생각하지 못했다. 공개적으로 그에 대한 언급이 전혀 없었고, 신문에서조차 그를 언급하지 않았기 때문에 그 당시 그가 누구인지 알 방법은 전혀 없었다. 이 사실만은 분명히 짚고 넘어가야 한다.

아침 식사를 하며 펼친 조간신문에서 살인 사건을 처음 알게 되었다. 나는 그 이야기에 굉장히 흥미를 느껴 기사를 자세히 읽었다. 두 번, 아니 세 번 정도 읽었다. 시신은 침실에서 발견되었다. 신문을 내려놓으며 나는 어떤 번쩍임, 북받침, 아니 흐름, 정확하게 뭐라 형언할 수 없는 것을 느꼈다. 어떤 단어도 내가 경험한 그 감정을 정확히 설명할 수는 없다. 어쨌든 기사에 나온 그 침실의 모습이 강물에 떠내려가는 사진처럼 내 눈앞을 지나갔다. 순간적으로 빠르게 흘러갔지만, 너무 선명해서 나는 침대 위에 시신이 없다는 사실에 안도할 정도였다.

이 특이한 경험을 한 곳은 낭만적인 장소와는 거리가 먼 세인트 제임스 가 모퉁이에서 아주 가까운 피카딜리에 있는 방이었다. 완전히 새로운 경험이었다. 그때 나는 안락의자에 앉아 있었는데, 의자가 제자리에서 흔들리며 특이하게 떨렸다(하지만 바퀴가 달린 의자라 원래도 쉽게 움직이기는 했다). 나는 창문 중 하나로 가서 피카딜리의 움직이는 물체를 내려다보며 눈을 쉬게 했다. (방은 2층에 있었고, 방에는 창문이 두 개였다) 화창한 가을 아침의 거리는 빛나고 활기찼다. 바람도 거세게 불었다. 창문 밖을 내다보니 공원에 쌓여 있던 낙엽이 거센 바람을 타고 나선형 기둥으로 소용돌이쳤다. 기둥이 무너져 낙엽이 흩어지는 모습을 지켜보다가 길 반대편으로 눈을 돌리니, 서쪽에서 동쪽으로 두 명의 남자가 걸어가고 있었다. 한 명이 다른 한 명 뒤에서 걸었다. 앞에 선 남자가 종종 어깨 너머로 뒤를 돌아보았다. 그 뒤의 남자는 30보 정도 떨어진 거리에서 오른손을 위협적으로 들어 올린 채 첫 번째 남자를 따라갔다. 우선은 그토록 공개적인 거리에서 특이하게도 위협적인 손짓을 하며 변함없이 걸어가는 모습이 흥미로웠고, 다음으로는 그 광경을 아무도 신경 쓰지 않았다는 점이 더 놀라웠다. 두 남자는 다른 보행자들 사이로 인도 위를 부드럽고도 일관되게 걸어갔다. 아무도 그들을 비껴가거나, 만지거나, 쳐다보지 않았다. 내 창문 앞을 지나가며 두 남자 모두 고개를 들어 나를 쳐다보았다. 두 얼굴을 아주 선명하게 보았기에 다른 데서 본다고 해도 금세 알아차릴 듯했다. 두 명 다 대단한 얼굴 특징을 가진 것은 아니었다. 다만 앞에서 걷던 남자는 비정상적으로 침울해 보였고, 뒤를 따르던 남자는 밀랍 인형 같은 얼굴빛이었다.

나는 독신으로 하인 한 명과 그의 아내와 함께 한집에 산다. 나는 특정 은행 지점에서 부서장으로 근무한다. 사람들이 부서장의 업무를 가볍게 생각하는 만큼 정말 업무가 가볍다면 얼마나 좋을까? 업무가 많아서 그해 가을 도시에 남아야 했다. 절실히 변화가 필요했던 시기였다. 아프지는 않았지만, 그렇다고 건강하지도 않았다. 나는 당시 빛이 바래는 느낌이 들었다. 단조로운 일상에 우울감을 느꼈고, '약간의 소화불량'을 겪었다는 사실을 이 글을 읽는 독자들이 최대한 이해해 주기를 바란다. 저명한 의사가 나의 건강을 검진했고, 당시 나의 건강 상태를 이보다 더 잘 설명할 수 없다는 말을 들었다. 그가 직접 서면으로 작성한 답변의 글을 인용하는 바다.

살인 사건의 정황이 서서히 드러나며 대중은 점점 사건에 사로잡히기 시작했다. 온 세상이 그 사건에 관해 떠들어대는 와중에 나는 최대한 사건에 무지해지려고 애쓰며 그 일과 거리를 두었다. 하지만 살인 용의자에 대해서는 살인의 미필적 고의가 인정되었고, 그가 뉴게이트 감옥에 수감되어 재판을 받는다는 사실은 알고 있었다. 또한 중앙 형사 재판소에서 열릴 그의 재판이 대중의 편견과 변론 준비 시간 부족으로 한 차례 이상 연기된 사실도 알고 있었다. 더 알아볼 수도 있었지만, 연기된 재판이 언제 또는 언제쯤 열릴지는 알지 못했다.

나의 거실, 침실, 드레스룸은 모두 같은 층에 있고, 드레스룸은 침실로만 연결된다. 사실 계단으로 연결된 문이 있기는 하지만, 욕조 설비 때문에 지난 몇 년간 열리지 않았다. 그리고 같은 시기에 욕조와 관련한 문제로 문에 아예 못을 박아두어 열리지 않는다.

어느 늦은 밤, 나는 하인이 잠자리에 들기 전 몇 가지 사항을 전달하고 있었다. 내 얼굴은 드레스룸과 연결된 유일한 문을 향하고 있었고, 그 문은 닫혀 있었다. 하인은 그 문을 등지고 서 있었다. 내가 하인과 이야기를 나누는 동안 문이 열리더니 어떤 남자가 방을 들여다보았다. 그는 아주 진지하고 비밀스럽게 내게 손짓했다. 피커딜리를 이상하게 걸어가던 두 명의 남자 중 뒤에 서 있던 남자였다. 얼굴빛이 밀랍 인형 같던 그 남자.

내게 손짓하던 그 남자가 뒤로 물러나더니 문을 닫았다. 나는 잠시 멈칫하다가 침실 건너편으로 가서 드레스룸의 문을 열고 안을 들여다보았다. 손에는 촛불을 들고 있었다. 하지만 누군가가 드레스룸에 있으리라고는 생각하지 않았다. 실제로 아무도 없었다.

하인이 놀란 채 서 있다는 사실을 인지한 나는 그를 향해 돌아서서 이렇게 말했다. "데릭, 내가 한 사람을 보았다면 믿겠나?" 데릭의 가슴에 손을 얹자, 그가 갑자기 몸을 격렬히 떨며 "오, 주여! 죽은 자가 손짓합니다!"라고 말했다.

내가 20년 이상 신뢰하며 함께 생활하는 존 데릭이 정말 무엇을 보았으리라고는 생각하지 않았다. 내가 그의 몸에 손을 얻기 전까지는 말이다. 그에게 일어난 변화는 가히 놀라워서 그 순간 어떤 신비한 존재가 나에게서 그에게로 전달되었다고 완전히 믿게 되었다.

나는 존 데릭에게 브랜디를 가져오라고 시킨 다음 그에게도 한 잔 주었다. 그 기이한 일이 발생하기 전에 내가 보고 겪은 일에 관해서는 한마디도 하지 않았다. 돌이켜보면 피커딜리에서 보았던 그때를 제외하고는 그 얼굴을 본 적이 단 한 번도 없다. 문에서 내게 손짓할 때의 표정과 창문에서 나를 올려다보던 표정을 비교한 결과 첫 번째 표정은 내 기억에 강력하게 각인되려 했고, 두 번째 표정은 마치 내가 그를 다시 기억해 주기를 바라는 듯한 느낌이 들었다.

그날 밤 나는 그다지 편안하지 않았지만, 확신했다. 확신의 근거를 설명할 수는 없었지만, 그 남자가 다시는 나타나지 않으리라 확신했다. 날이 밝으며 나는 깊은 잠에 빠졌다. 존 데릭이 서류를 들고 침대 옆으로 다가오는 바람에 잠에서 깼다.

서류를 들고 온 사람과 하인은 문 앞에서 그 서류를 두고 언쟁을 벌인 듯했다. 그 서류는 올드 베일리에 있는 중앙 형사 재판소에서 열릴 다음 재판에 배심원으로 참석하라는 소환장이었다. 나는 단 한 번도 배심원단으로 재판에 참석한

적이 없었고, 존 데릭도 그 사실을 잘 알고 있었다. 현재로서
는 그가 그렇게 생각할 만한 근거가 있었는지 없었는지 모르
지만, 존 데릭은 배심원단이 관례상 나보다 사회적으로 낮은
계급의 사람들로 구성된다고 생각한 듯하다. 그래서 처음에
는 소환장을 거절했다. 소환장을 전달한 사람의 반응은 냉담
했다. 내가 소환에 응하든 응하지 않던 자신과는 아무 상관
이 없다고 말했다. 그리고 소환장은 내가 처리할 문제지 자
기 소관이 아니라고 했다.

소환장에 응할지 아니면 무시할지 하루 이틀 정도 고민했
다. 고민하는 동안에는 지금까지 내가 경험한 도무지 말로
설명할 수 없는 기묘한 일들을 조금도 생각하지 않았다. 이
에 관해서는 아주 확실하게 말할 수 있다. 그러다가 결국 단
조로운 삶에서 벗어나기 위해 소환에 응하기로 마음먹었다.

차디찬 11월 아침이었다. 피커딜리에는 갈색 안개가 짙게
깔렸고, 템플 바 동쪽은 칠흑 같은 어둠에 갇혔다. 재판소로
향하는 통로와 계단은 이미 가스등이 밝게 빛났고, 재판소
역시 불이 환하게 밝혀졌다. 경관들의 안내를 받으며 혼잡한
법정에 들어설 때까지 나는 그날 살인범의 재판이 열린다는
사실을 알지 못했던 것 같다. 상당히 어렵게 법정으로 들어

설 때까지도 내 앞에 보이는 두 법정 가운데 내가 배심원으로 참석할 법정이 어디인지 알지 못했다. 하지만 이에 관해서는 확실하게 말할 수 없다. 내가 정확하게 기억하는지 모르겠다.

나는 대기 중인 배심원들과 배정된 자리에 앉아 안개구름과 무거운 입김 사이로 법정을 둘러보았다. 큰 창문 밖으로는 검은 수증기가 어두운색 커튼처럼 드리워졌고, 길바닥에 떨어진 짚이나 목재 부스러기를 밟고 지나가는 바퀴 소리가 희미하게 들렸다. 그리고 법정 안에 모인 사람들의 소리가 윙윙거렸고, 이따금 날카로운 휘파람 소리나 큰 노랫소리나 환호성이 들렸다. 얼마 지나지 않아 두 명의 판사가 들어와 자리에 앉았다. 소란하던 법정은 언제 그랬냐는 듯 조용해졌다. 살인범을 법정에 세우라는 지시가 내려졌고, 그가 모습을 드러냈다. 그 순간 나는 그를 알아보았다. 피커딜리를 기괴하게 걷던 두 남자 중 첫 번째 남자였다.

그때 내 이름이 불렸으면 제대로 대답이나 할 수 있었을지 의문이다. 하지만 여섯 번째 아니면 여덟 번째 정도에 내 이름이 불렸고, 정신을 차려 "출석!"이라고 말할 수 있었다. 이제 귀를 기울이기 바란다. 내가 배심원석에 들어서자, 그때까지 아무렇지 않은 표정으로 그저 열심히 앞을 바라보던 살인범이 심하게 동요하며 자기 변호사에게 손짓했다. 나를 배심원으로 받아들이지 않겠다는 의사가 너무 분명해서 재판은 잠시 중단되었다. 피고석에 서 있던 변호사가 피고인과 귓속말하더니 고개를 저었다. 나중에 그에게 전해 들은 바로는 살인범이 겁에 질려 내뱉은 첫마디는 "무슨 수를 써서라도 저자를 못 오게 해요!"였다고 한다. 하지만 왜 그런 말과 행동을 했는지는 말하지 않았다고 한다. 그자는 내 이름이 불리기 전까지 내 이름조차 알지 못했다고 인정했기 때문에 그의 말은 받아들여지지 않았다.

이미 설명한 바와 같이 나는 그 살인범과 관련한 나쁜 기억을 곱씹고 싶지 않다. 게다가 기나긴 재판의 세세한 부분은 내 이야기에 그다지 중요하지 않다. 다만 배심원단으로 일한 열흘 밤낮 동안의 사건들은 내가 겪은 신비한 경험과 직접적인 연관이 있기 때문에 이를 집중적으로 설명할 것이다. 나는 살인자의 이야기보다 그 이야기를 독자들이 더 흥미롭게 읽어주기를 바란다. 부디 부탁하건대 런던 뉴게이트 감옥의 사건 기록부에 관해서는 한 페이지도 관심 가지지 않기를 바란다.

나는 배심원 단장으로 선출되었다. 재판 2일째 되는 날 아침, 두 시간(교회 종이 두 번 울리는 소리를 들었다) 동안 증거가 제시된 후 나는 우연히 동료 배심원들에게로 눈길을 돌렸다. 왠지 모르지만, 전체 배심원이 몇 명인지 도무지 셀 수 없었다. 몇 번이나 세어보려 했지만, 매번 어려웠다. 짧게 말하면 항상 한 명 더 많게 세었다.

내가 옆자리에 앉은 배심원에게 속삭였다. "총 몇 명인지 세어주세요." 내 부탁에 그가 놀란 표정을 지었지만, 고개를 돌려 숫자를 세기 시작했다. "총 열셋…. 아니, 그럴 리가. 열두 명입니다."

한 명씩 세면 틀리지 않았지만, 그 수를 합하면 항상 한 명이 더 많았다. 사람이 한 명 더 많은 것도 아니었다. 하지만 마음속으로는 이미 예감했다. 다른 누군가가 분명 오리라고 말이다.

배심원단은 런던 선술집을 숙소로 삼았다. 그리고 큰 방 안에 놓인 테이블을 하나씩 맡아 침대로 사용했다. 우리를 안전하게 보호해 주겠다고 맹세한 경관이 끊임없이 우리를 지켜보았다. 그 경관의 실명을 밝히지 않을 이유는 없다고 생각한다. 그는 지적이고, 매우 예의 바르며, 자신에게 주어진 임무를 충실히 해냈고, (다행히) 런던시에서 많은 존경을 받았다. 외모도 출중했다. 호감 가는 인상, 선한 눈매, 부러움을 살 만한 검은 수염과 격조 높은 목소리를 가졌다. 그의 이름은 하커 씨였다.

밤이 되어 배심원단 모두 각자 침대로 향했다. 하커 씨의 침대는 문 건너편에 있었다. 둘째 날 밤, 나는 잠에 들 기분이 아니었다. 하커 씨가 침대 위에 앉아 있는 모습을 보고 그쪽으로 가서 그의 옆에 앉아 코담배를 한 줌 내밀었다. 하커 씨가 손을 뻗어 담뱃갑에서 담배를 가져가다가 그의 손이 내 손에 닿았다. 그때 그가 오싹한 느낌이 들어 물었다. "누구세요?"

하커 씨의 시선을 따라가며 방을 둘러보았다. 그때 내가 예상한 바로 그 사람, 피커딜리를 기괴하게 걷던 두 명의 남자 중 두 번째 남자를 보았다. 나는 몸을 일으켜 몇 발짝 앞으로 다가갔다가 멈췄다. 그러고는 하커 씨를 둘러보았다. 그가 아무렇지 않게 웃으며 그저 재미있다는 듯 말했다. "침대도 없는데 열세 번째 배심원이 들어온 줄 알았습니다. 달빛에 내가 헛것을 보았군요."

나는 하커 씨에게 아무 말도 하지 않고 방의 반대편까지 걷자고 했다. 그러고는 피커딜리의 그 남자가 어떤 행동을 하는지 지켜보았다. 그는 열한 명의 배심원이 누워 있는 침대로 일일이 가서 머리맡에 잠시 서 있었다. 항상 침대의 오른쪽으로 간 다음 침대 발치로 움직였다. 머리의 움직임으로 보아 그저 생각에 잠겨 누워 있는 사람들을 바라보는 듯했다. 나를 비롯해 하커 씨의 침대에서 가장 가까이 위치한 내 침대는 지나쳤다. 그리고 빛이 들어오는 높은 창문을 통해 마치 계단을 오르듯 날아가 버렸다.

다음 날 아침, 나와 하커 씨를 제외한 모든 사람이 어젯밤 살해당한 남자의 꿈을 꾼 듯했다.

피커딜리의 두 번째 남자가 살해당한 바로 그 남자라는 확신이 들었다. 그가 내게 직접 진술한 듯이 확실했다. 하지만 이 모든 일은 예상치 못하게 일어났다.

재판이 열리고 5일째 되는 날, 재판은 막바지로 치달았다. 그날 살해된 남자의 사진이 증거물로 제출되었다. 사진은 살인 사건이 발생한 당일에는 사라진 상태였다. 이후 범인이 땅을 파는 모습이 목격된 은신처에서 발견되었다. 증인 조사를 통해 확인된 이 사진이 배심원단에게 넘겨졌다. 검은색 가운을 입은 남자가 사진을 들고 내 쪽으로 다가왔다. 그때 피커딜리의 두 번째 남자가 난데없이 청중석에서 모습을 드러내더니 사진을 빼앗아 내게 직접 주었다. 그러면서 목걸이 로켓[2] 안에 들어 있던 사진을 내가 보기도 전에 낮고 공허한 목소리로 이렇게 말했다. "사진 속의 나는 지금보다 젊었고, 지금처럼 핏기가 없지도 않았습니다." 남자는 내가 다음 사람에게 사진을 전하고, 그 사람이 또 다음 사람에게 사진을 전하고, 마침내 사진이 내 손에 돌아올 때까지 자리를 옮겨 다녔다. 하지만 배심원단 중 누구도 이 사실을 알아차리지 못했다.

배심원단이 하커 씨의 감시하에 모두 식탁에 모이면 우리는 자연스럽게 재판을 시작한 날부터 그날까지 재판의 진행에 관해 많은 이야기를 나눴다. 5일째 되는 날, 검사의 논고가 종결되고 사건의 정황을 모두 이해한 우리의 대화는 한층 활기차고 진중해졌다. 배심원단에는 교구 위원도 한 명 있었는데, 그는 내가 본 사람 중 가장 멍청했다. 명백한 증거가 제시되어도 그는 가당찮은 이유로 증거를 반박했다. 그 외에도 병약한 기생충 같은 교회 관계자도 두 명 있었는데, 이 세 사람은 열병이 창궐한 지역에서 왔다. 그 지역의 열병이 어

---

2 사진 등을 넣어 목걸이에 다는 작은 갑.

찌나 심했는지 열병으로 5백 명을 살해한 죄로 이들이 재판을 받아 마땅했다. 자정이 다 되어 우리 중 몇몇이 잠자리에 들 준비를 하는데도 이 멍청한 자들은 여전히 떠들어대고 있었다. 그때 살해된 남자가 다시 내 앞에 나타났다. 그는 그 세 사람 뒤에 음산하게 서서 내게 손짓했다. 하지만 내가 그 세 사람을 향해 다가가 대화를 중단시키려 하자, 그 남자는 모습을 감췄다. 이를 시작으로 그 남자는 배심원단이 모인 그 방에 여러 차례 나타났다. 배심원 몇 명이 머리를 맞대고 이야기를 나눌 때마다 그 남자의 얼굴도 그 사이로 보였다. 대화가 살해된 남자에게 불리한 방향으로 진행될 때마다 그는 다시 엄숙한 표정으로 내게 손짓하곤 했다.

재판 5일째 되는 날에 남자의 사진이 증거물로 제시되기 전까지는 그 남자가 법정에 나타난 적은 없었다. 그러다가 재판에서 피고인 측 변론이 시작되며 세 가지 변화가 일어났다. 그중 두 가지를 먼저 설명하려 한다. 첫 번째, 그 남자는 법정에 틈만 나면 나타났다. 하지만 나와 직접적으로 소통하기보다는 법정에서 말하는 사람 앞에 모습을 드러내 무언가를 이야기하려 했다. 예를 들면, 살해당한 남자의 목에는 가로로 된 자상이 있었다고 한다. 피고인의 첫 번째 변론에서 변호사는 그 남자가 직접 자기 목을 그었을 가능성이 있다고 주장했다. 바로 그 순간, 정말 피고인의 변호사가 말한 대로 목에 끔찍한 자상을 입은 그 남자가 (이전에는 그 상처를 가렸다) 변호사의 팔꿈치 쪽에 서서 목을 긋는 시늉을 했다. 한 번은 오른손으로 다음에는 왼손으로 자기 목을 긋는 시늉을 하며 자신이 자해했을 가능성이 없음을 강력하게 시사했다. 다른 예를 들면, 증인으로 나선 한 여자는 피고인이 자기가 본 사람 중 가장 친절하다고 말했다. 그 순간 남자는 그녀 앞에 서서 그녀의 얼굴을 똑바로 바라보며 팔과 손가락을 뻗어 범인의 사악한 얼굴을 가리켰다.

이제 세 번째 변화다. 이 변화야말로 가장 두드러지고 눈에 띄는 강렬한 인상을 내게 남겼다. 나는 이 변화에 관해 어떤 가설이나 추정 대신 사실만을 말할 뿐이다. 비록 살해당한 남자의 출현을 정작 변호사와 증인은 인지하지 못했지만, 이들이 두려움과 혼란을 느낀 것만은 분명하다. 내가 잘 알지 못하는 어떤 힘이 그 남자가 다른 이들의 눈에 보이는 것을 막는 듯했다. 하지만 눈에 보이지 않아도 희미하고 음산하게 그들의 마음에 영향을 미쳤다. 피고인의 수석 변호사가 남자의 자살 가능성을 제시하자, 남자는 변호사의 팔꿈치 쪽에 서서 잘린 목을 톱질하는 듯한 제스처를 취했다. 그때 변호사가 말을 심하게 더듬거리다가 자기가 무슨 말을 하려 했는지 잊어버린 듯 멈칫했다. 손수건으로 이마의 땀을 닦더니 얼굴이 몹시 창백해졌다. 남자가 증인 앞에 나타났을 때 그녀의 시선은 분명 그의 손끝을 향했다. 그리고 범죄자의 수심 깊은 얼굴에서 멈췄다. 이 두 가지 예시만으로도 충분하다고 생각한다. 재판을 시작한 지 8일째 되는 날부터 매일 이른 오후에 몇 분 휴정했다. 나는 판사들이 돌아오기 조금 전 배심원들과 법정으로 돌아왔다. 배심원석에 서서 법정을 둘러보니 그 남자가 보이지 않았다. 하지만 청중석으로 눈길을 돌리자 남자가 보였다. 남자는 앞줄에 앉은 아주 점잖은 여자 쪽으로 몸을 구부리고 있었다. 마치 판사들이 법정에 돌아왔는지 확인하려는 듯이 보였다. 그 순간 여자가 비명을 지르며 실신한 후 실려 나갔다. 현명하고 존경받을 만한 재판장이 그날의 재판을 마치며 서류를 정리했다. 그때 살해당한 남자가 판사석으로 걸어가더니 재판장의 책상으로 가서 어깨너머로 그의 서류를 유심히 살펴보았다. 재판장은 표정이 싹 변했고, 바삐 움직이던 손을 멈췄다. 내가 너무도 잘 아는 그 오싹함을 그가 느꼈다. 그가 더듬거리며 말했다. "잠시만 실례하겠습니다. 공기가 너무 탁한 듯합니다." 물을 한 잔 마시고도 그는 그 이상한 기운에서 벗어나지 못했다.

재판이 진행되던 10일 중 6일은 끝이 보이지 않을 만큼 단조로웠다. 같은 판사에, 같은 증인에, 같은 살인자에, 같은 변호사에, 법정 천장까지 울려 퍼지는 같은 질문과 답에, 하물며 판사들이 글을 쓸 때 펜이 종이에 서걱거리는 소리도 매일 같았다. 매일 같은 정리(廷吏)가 법정을 드나들었고, 자연광이 들어오지 않는 시간에 켜지는 불빛도 같았다. 안개가 짙은 날 큰 창문에 드리우는 안개의 형태도 같았고, 비가 오는 날이면 비가 뚝뚝 떨어져 창틀에 닿는 소리도 같았다. 법정 바닥에 찍힌 간수와 범죄자의 발자국도 매일 같았다. 무거운 법정 문을 여닫는 열쇠도 매일 같았다. 매일 모든 것이 같았던 그 단조로움 가운데 나는 굉장히 오랜 기간 배심원 단장을 한 느낌이 들었다. 하지만 살해된 남자만은 한순간도 빼놓지 않고 내 눈에 생생하게 남았다. 재판 내내 그는 내 마음속에 남았다. 빠뜨려서는 안 될 중요한 사실도 있다. 내가 살해된 남자라고 부르는 그 남자가 자기를 죽인 살인자를 바라보는 모습은 단 한 번도 보지 못했다. 나는 계속 궁금했다. 왜 살인자를 바라보지 않는지. 하지만 그는 정말 단 한 번도 바라보지 않았다.

그의 사진이 증거물로 제출된 후 재판이 끝날 때까지 남자는 나도 바라보지 않았다. 배심원단은 평결을 내리기 위해 밤 10시가 되기 7분 전에 법정에서 나갔다. 멍청한 교구위원과 그의 옆에 기생충처럼 서식하는 교구 관계자 두 명이 야단법석을 떠는 바람에 우리는 두 번이나 법정으로 돌아가 변론조서의 일부를 다시 보게 해달라고 부탁해야 했다. 그 세 사람을 제외한 나머지 아홉 명은 조서에 작성된 내용을 조금도 의심하지 않았다. 법정에 있던 그 누구도 의심하지 않았으리라 생각한다. 하지만 방해 말고는 아무것도 모르는 그 멍청한 3인조는 바로 그 이유로 이의를 제기했다. 오래 걸렸지만, 결국 평결을 내렸고, 배심원단은 자정을 10분 넘겨 법정으로 돌아왔다.

살해된 남자는 배심원단 바로 맞은편에 서 있었다. 그는 내가 자리에 앉는 모습을 주의 깊게 지켜보았다. 그가 만족스러운 표정으로 천천히 팔에 걸치고 있던 커다란 회색 베일로 자신의 머리와 몸 전체를 덮었다. '유죄' 평결을 내리자 베일은 벗겨졌다. 그리고 더는 그의 모습이 보이지 않았다.

재판장이 살인범에게 사형 선고가 내려지기 전 할 말이 없는지 물었다. 다음 날 주요 신문은 그의 반응을 이렇게 표현했다. "그는 일관성 없이 횡설수설하며 잘 들리지도 않게 중얼거렸다. 배심원 단장이 자신을 나쁘게 생각했기 때문에 재판이 공정하지 못했다고 불평했다." 그가 밝힌 정말 놀라운 발표는 다음과 같다. "재판장님, 저는 저자가 배심원 단장으로 선출되었을 때부터 제 운명을 알았습니다. 절대 무죄 평결을 내리지 않을 걸 말이지요. 내가 잡히기 전날 밤에 그가 내 침대 옆으로 와서 나를 깨워 내 목에 밧줄을 걸었습니다."

VII. 복용을 시도해볼 것

잉글랜드 전역에서 컴너보다 아름다운 마을을 찾기란 쉽지 않다. 컴너는 잉글랜드에서 가장 멋진 풍경을 자랑하는 언덕 꼭대기에 위치해 있고, 마을 주변으로는 공기가 맑고 상쾌하기로 소문난 넓디넓은 공유지가 자리 잡고 있다. 드링에서 출발하는 주요 도로 양옆으로는 부유한 자들의 사유지를 구분하는 울타리가 가득하다. 이 도로 끝에 넓은 공유지가 있는데, 공유지에서 테넬름스 길을 따라 북서쪽으로 오르막을 오르다 보면 컴너가 나온다. 컴너로 가는 길은 험난하다. 하지만 오르막의 경사가 심하지 않아서 오르막이라는 사실을 알아차리지 못할 때도 있다. 뒤를 돌아 언덕 아래 사방으로 펼쳐지는 웅장한 경관을 마주하기 전까지는 말이다.

컴너는 하나의 짧은 거리를 따라 여러 집들이 군데군데 흩어져 있는 마을이다. 그 길을 걷다 보면 작은 우체국, 경찰서, 던스턴 암즈라고 불리는 작은 술집을 만난다. 던스턴 암즈의 주인은 마을 내 다른 상점도 같이 운영한다. 숙박업소 두세 개도 보인다. 그렇게 걷다 보면 막다른 길로 들어서고 그곳에서 예스러운 교회를 마주하게 된다. 그 교회에서 활을 쏘면 닿을 듯한 거리에 교구 목사관이 있다. 이 조용한 마을에는 무언가 원시적이고 가부장적인 분위기가 풍긴다. 성도들에게 둘러싸여 사는 목사는 집 밖을 나서면 바로 그들을 만날 수 있다.

컴너 공유지는 크기도 목적도 다양한 건물들로 삼면이 둘러싸여 있다. 정원에 심은 사과나무 그늘에 자리 잡은 작은 정육점부터 부목사가 거주하는 작은 하얀 집, 스스로를 젠트리라고 자부하는 허세 넘치는 자들의 집까지. 동쪽에는 낮은 돌담과 말콤슨 씨의 영지로 들어가는 문이 있다. 그 옆은 말콤슨 씨의 토지 관리인 사이몬 이드 씨의 소박한 집이다. 이드 씨의 집은 절반이 덩굴로 덮였는데, 가장 밝은 색을 띠는 미국의 나뭇잎 표본과 견줄 만한 가을의 빛깔이다. 마지막으로 깁스 씨의 '플레이스'는 (문이 정중앙에 난) 높은 벽돌담으로 완전히 차단되었다. 남쪽에는 오스왈드 던스턴 경이 소유한 사우샌저 저택을 지나 테넬름스로 향하는 큰 도로가 나 있다.

드링에서 출발해 도보로 이곳을 지나가는 사람이라면 대장간 맞은편의 오래된 계단형 출입구에서 반드시 발길을 멈추게 된다. 계단에 기대어 쉬면 발밑으로 숲과 강이 내려다보이는 아름다운 풍경이 펼쳐진다. 그곳에 우뚝 선 오래된 삼나무 두 그루는 그 풍경에 완벽하게 어울린다. 하지만 그 출입구를 드나드는 사람은 별로 없다. 그 길을 지나면 나오는 것이라고는 플라셰트라고 불리는 농장밖에 없기 때문이다. 출입구의 역할보다는 그저 사람들이 오가다가 기대어 쉬는 곳으로 사용한다. 수많은 화가가 그곳의 풍경을 그렸고, 수많은 연인이 그곳에서 사랑의 언어를 속삭였으며, 수많은 지친 부랑자가 출입구 아래 오래된 돌에 발을 올리고 쉬어갔다.

이곳은 한때 이 지역의 주민이자 결혼을 앞둔 두 젊은 연인의 밀회 장소였다. 말콤슨 씨 밑에서 일하는 토지관리인의 외아들 조지 이드는 스물여섯 살 정도 된 건장한 체격의 잘

생긴 젊은이다. 그는 아버지 밑에서 말콤슨 씨의 토지를 관리하며 조금씩 돈을 벌었다. 정직하고, 성실하고, 자기 개발을 열심히 하는 젊은이로 영리하지는 않지만 인내심이 강했고, 행동이 재바르지는 않지만 전형적인 정직한 농부였다. 하지만 특유의 기질과 성질 때문에 그가 아버지보다 못하다고 말하는 이들도 있었다. 그는 차분하고 내면의 감정이 풍부했지만, 그 감정을 표현하는 데 어려움을 겪었다. 또한 다른 이의 잘못을 쉽게 용서하지 못하는 예민함을 보였다. 그러면서 유독 자기 자신을 비난하고 후회하는 일이 굉장히 잦았다. 반면에 그의 아버지는 50대 중년 남성으로 솔직하고 마음씨가 좋았다. 한낱 노동자의 지위에서 말콤슨 씨의 신뢰를 받으며 토지를 관리하는 자리까지 온전히 스스로의 힘으로 이뤄냈다. 말콤슨 씨는 물론 모든 마을 사람이 그를 존중했다. 조지 이드의 어머니는 건강이 좋지 않았지만, 활기찬 성격으로 마을에서 평판이 좋은 여성 중 한 명이었다.

사이먼 이드와 그의 아내는 당시 그 계급의 많은 이들이 그랬듯 성급하게 결혼했고, 우여곡절을 겪었다. 세 명의 아이가 연이어 병으로 세상을 떠났고, 이 부부는 컴너의 작은 교회 마당에 아이들을 차례차례 묻었다. 언젠가는 이 부부도 그곳에 아이들과 함께 묻히기를 바랐다. 부부는 곁에 남은 유일한 아들에게 온 애정을 쏟았다. 특히 어머니는 조지를 숭배한다고 할 만큼 사랑했다. 하지만 성별에서 오는 약점이 없지도 않았다. 질투가 심했다. 아들이 수전 아처의 아름다운 푸른 눈동자에 마음이 사로잡힌 사실을 알게 되었을 때, 그 장밋빛 뺨을 가진 아가씨를 좋은 마음으로 바라볼 만큼 마음이 넓지는 않았다. 사실 아처 가문은 오스왈드 던스턴 경이 소유한 대규모 농장을 맡아 경영하고 있었기 때문에 사회적 계급 측면에서 지위가 높다고 믿었다. 그리고 조지 이드와의 만남이 수전 자신뿐만 아니라 가문의 위상을 낮추는 행위라고 간주했다. 수전과 조지의 만남은 홉[1] 재배지에서 시작되었다. 보통 연인들의 만남은 그곳에서 시작된다. 수전은 한동안 병을 앓았고, 수전의 주치의는 화창한 9월의 날씨에 2주간 홉을 따는 일만큼 효과적인 치료법은 없다고 아버지에게 말했다. 수전처럼 아리따운 아가씨가 홉을 따기 위해 갈 수 있는 곳은 많지 않았다. 수전의 가족은 이드 가를 알고 존중했기에 그녀를 말콤슨 씨의 홉 농장으로 보냈다. 주치의

---

1 원뿔 모양 암꽃을 말린 것으로 맥주 제조 원료로 사용됨.

의 치료법은 실제로 효과가 있었다. 수전의 병은 사라졌고, 그녀의 마음도 조지 이드에게로 넘어갔다.

조지 이드는 잘생긴 청년이었다. 수전을 만나기 전까지는 여자에게 관심을 가져본 적이 없었다. 푸른 눈을 가진 온화한 소녀를 향한 그의 사랑은 모든 것을 집어삼킬 만큼 강렬했다. 조지 이드와 같이 매사 심각하고 올곧은 성격의 사람은 일생일대 한 번 느낄 법한 감정이었다. 지금까지 살면서 느꼈던 그 어떤 감정보다 강렬했다. 수전은 성품이 온화하고 천진난만했다. 누구나 좋아할 그런 성격이었다. 자신이 얼마나 아름다운지 알지 못했던 그녀는 겸손하고 얌전했다. 그런 수전은 조지 이드가 비록 형편은 좋지 않았지만, 자기보다 도덕적으로 뛰어나다고 믿었고, 신실하고 성실한 그 남자에게 자신의 마음을 모조리 내주었다. 선선한 바람이 부는 날 그들은 서로의 마음을 확신하며 약혼식을 올렸다. 반지를 주고받는 대신 조지 이드는 수전의 모자에 달린 홉 몇 가닥을 건네주었고, 수전은 장난스럽게 그 홉을 손가락에 둘렀다. 갈색빛이 도는 눈동자에 사랑을 가득 담아 수전의 아름다운 얼굴을 내려다보며 그는 이렇게 속삭였다. "살아 있는 동안 이것을 간직했다가 내가 죽을 때 같이 묻을 거야."

하지만 컴너 공유지의 '플레이스'에 사는 제프리 깁스라는 사람도 오래전부터 수전에게 관심이 많았다. 제프리 깁스는 원래 무역업에 종사했는데, 몇 년 전 우연히 신문에서 런던의 어떤 변호사에게 연락하면 득이 되는 무언가를 알 수 있다는 글을 보았다. 그는 런던의 변호사에게 연락을 취했고, 살면서 한 번도 본 적 없는 먼 친척에게 유산을 받아 경제적으로 자유롭게 되었다. 예상치 못한 횡재 이후 그는 삶의 태도가 완전히 바뀌었다. 단, 잘난 체하는 성격만은 그대로였다. 겉으로 보면 그는 풍족하게 사는 신사였고, 한낱 소작농에 불과한 아처스 가보다 사회적 계급이 높았다. 그렇기에 아처스 가는 수전이 그와 결혼하기를 바랐다. 하지만 어떤 이들은 제프리 깁스가 수전과 결혼할 마음이 없다고 말했고, 수전 역시 그렇게 생각했다. 그녀는 제프리 깁스가 지금보다 열 배 더 부유하고 백 배 더 신실하다고 해도 그 험상궂은 괴물과 결혼하느니 죽는 게 낫다고 덧붙였다.

실제로 그의 외모는 두려움을 자아냈다. 이목구비 하나하나가 못생겼다기보다는 전체적으로 얼굴과 몸의 균형이 맞지 않았고, 어딘가 모르게 소름 돋는 그의 표정을 보고 있으면 차라리 못생긴 편이 훨씬 낫다는 생각이 들 정도였다. 다리는 몸통만큼이나 짧은 데 반해 손가락은 지나치게 길었다. 머리를 보면 체격이 헤라클레스 정도는 되어야 하는데, 상체가 유난히 커서 무척이나 볼품없었다. 눈썹은 덥수룩하고 길었다. 작은 눈은 악의가 가득해 보였다. 매부리코에 입은 크고 입술도 두꺼웠다. 그는 가짜 같아 보이는 거대한 목걸이와 터무니없는 셔츠 핀에 목도리를 둘렀고, 어디에서도 볼 수 없는 놀라운 색상의 모닝코트를 입고 다녔다. 여성이 탄 마차 뒤에 자신의 마차를 바짝 붙여 순진한 여성을 겁먹게 하는 일을 즐거움으로 여겼다. 소심한 여성이 말에 타고 있으면 말을 세차게 몰고 지나가 겁을 주고는 놀란 말을 진정시키는 겁에 질린 여성을 비웃었다. 하지만 다른 이들을 괴롭히는 일을 즐거움으로 여기는 사람은 알고 보면 겁쟁이에 불과하다. 그도 그랬다.

이 남자와 조지 이드는 서로를 싫어했다. 조지는 깁스를 싫어하는 것을 넘어 경멸하고 혐오했다. 어디서든 냉대와 홀대만 받는 깁스도 어디서든 사랑받는 조지 이드를 한편으로는 부러워하면서도 혐오했다.

수전의 마음은 온전히 조지에게 가 있었다. 수전의 건강이 다시 나빠지기 시작하자, 둘의 만남을 반대하던 수전의 아버지도 결국은 허락할 수밖에 없었다. 그리고 이 사실은 곧 말콤슨 씨의 귀에도 들어갔다. 말콤슨 씨는 조지의 봉급을 기꺼이 올려주고 사이먼 이드의 집에서 멀지 않은 곳에 위치한 별장을 수리해 둘의 거처를 마련해주었다.

이들이 곧 결혼식을 올릴 예정이라는 소식은 깁스의 귀에도 들어갔다. 그의 질투심에 찬 분노는 극에 달했다. 깁스는 서둘러 플라셰트로 가서 아처 씨와 따로 만나 수전이 지금이라도 조지를 떠나 자기 아내가 되기로 한다면 상당한 금액을 지불하겠다고 했다. 결과적으로 수전은 그에게서 더 등을 돌렸고, 아처 씨는 애만 태웠다. 아처 씨는 깁스의 제안에 응할 마음이 있었지만, 조지와 이미 약속한 상태였고, 수전은 그 약속을 지키라고 요구했다. 하지만 깁스가 떠나자마자 아처 씨는 수전의 선택이 자기를 희생하는 것과 같다며 큰 소리로 한탄했다. 거기에 수전의 큰오빠까지 합세해 그토록 좋은 제안을 거절한 수전을 심하게 비난했다. 수전은 나약하고 귀가 얇은 편이었다. 아버지와 오빠의 모진 말에 상처받은 수전은 너무 울어 눈이 퉁퉁 붓고 충혈된 암울한 모습으로 조지를 만나러 나갔다. 그 모습에 놀란 조지는 수전에게 무슨 일이 있었는지 듣고 분노했다.

"그렇다면 그 마차를 받아요!" 조지가 매섭게 말했다. "당신 아버지는 내가 주는 진정한 사랑보다 고작 말 한 마리가 끄는 마차를 더 중요하게 생각한다는 말인가요? 게다가 깁스 같은 작자의 말을 듣다니! 차라리 개를 믿는 게 나아요!"

"아버지는 그렇게 생각하지 않아요." 수전이 울부짖었다. "아버지는 우리가 결혼하면 그가 좋은 남편이 될 거라고 했어요. 저도 좋은 옷을 입고 하인들을 거느리며 잘살 거래요!"

"당신 아버지가 그렇게 생각해도 당신은 넘어가지 않기를 바라요. 수전, 부자가 된다고, 좋은 옷을 입는다고 행복해지는 건 아니에요. 그보다 누릴 것들이 많아요! 이것 봐요." 그가 잠깐 말을 멈췄다가 감격에 찬 표정으로 그녀의 얼굴을 바라보았다. "나는 진심으로 당신을 사랑해요. 혹시 그자와 결혼하는 것이 당신에게 더 좋다고 생각한다면, 혹시 그자와 결혼하는 것이 당신이 더 행복해지는 길이라고 생각한다면 기꺼이 포기할게요! 정말요. 그리고 다시는 당신 근처에 얼씬거리지 않을게요. 정말이에요!"

그는 자신이 얼마나 진지한지 보여주려고 한 손을 들며 다시 말했다. "정말 그럴 생각이에요. 허나 제프리 깁스와는 행복하지 않을 거예요. 학대당해 불행해지겠지요. 그는 어떤 여자도 행복하게 만들어줄 자가 아니에요. 그는 악의로 가득하고 정말 잔인한 사람이에요. 나는 약속할 수 있어요. 진심을 다할 거예요. 진심으로 당신을 위해 일하고, 당신을 위해 무엇이든 할 거예요. 그리고 무엇보다 진심으로 당신만을 사랑할 거예요!"

그가 수전을 자기 품으로 끌어당겼다. 그의 말에 안심한 듯 수전은 사랑스럽게 그의 품에 안겼다. 그렇게 그 둘은 한동안 아무 말도 하지 않고 그저 걷기만 했다.

그러다가 조지가 침묵을 깨고 말했다. "그리고 나는 확신해요. 믿음이 있어요. 우리가 결혼하고, 당신이 진정 내 것이 된다면 그 누구도 우리 사이를 갈라놓을 수 없을 거라고 말이에요. 그리고 당신이 편안히 살도록 할 거예요. 확고한 의지가 있으면 무엇이든 가능한 법이니."

수전은 존경과 애정이 가득 담긴 눈빛으로 그를 올려다보았다. 그녀는 자신이 얼마나 나약한지 잘 알기에 그런 그의 강인함이 좋았다.

"마차 따위는 필요 없어요." 그녀가 나지막이 말했다. "조지, 당신 말고 원하는 건 없어요. 문제는 아버지…."

어느새 거의 꽉 찬 둥근 달이 밝은 빛을 뿜어내며 9월의 하늘을 밝혔다. 연인은 달빛 아래 고요한 사우샌저 숲을 가로질러 수전의 집을 향해 걸었다. 그 시간대의 사우샌저 숲은 정말 엄숙하고 아름다웠다. 플라셰트 정문에 도착했을 때쯤 수전의 귀여운 얼굴이 다시 미소로 밝아졌다. 조지와 수전은 약속했다. 깁스가 다시 그런 말을 꺼내 아버지가 동조하기 전에 수전이 그녀의 고모 제인 아처가 사는 오미스톤으로 가서 2주간 머물기로 했다. 결혼식까지는 아직 3주가 남았다.

수전은 약속대로 고모 댁으로 갔고, 조지는 수전이 없는 동안 신혼집에 넣을 가구를 사러 다른 지역으로 떠났다. 집을 떠난 조지는 수전이 돌아올 때까지 친구와 함께 그곳에 머물기로 했다. 집에서 최대한 떨어져 있는 편이 낫다고 여겼다. 조지의 어머니는 결혼식이 다가올수록 결혼을 더 반대하기 시작했다. 수전이 지나치게 곱게 자라 조지처럼 근면 성실한 평범한 남자의 아내가 될 수 없다는 게 그 이유였다. 근거가 전혀 없지는 않았지만, 그래도 심히 모욕적인 이 말 때문에 어머니와 조지는 여러 차례 말다툼을 벌였다. 그리고 이제 곧 며느리가 될 수전을 미워하는 마음은 잦아들 기미가 보이지 않았다.

2주간의 휴가를 마치고 집으로 돌아온 조지는 수전이 플라셰트에 도착했다는 편지가 와 있으리라 기대했지만, 반대로 낯선 손 편지 한 장을 발견했다. 편지에 적힌 말은 다음과 같다.

"조지 이드, 이제 당신은 끝났어. G.G를 보시게."

―당신의 행복을 바라는 사람으로부터

수수께끼 같은 편지에 조지는 당황했다. 게다가 자신이 집을 떠난 바로 다음 날 깁스도 컴너를 떠났고 아직 돌아오지 않았다는 사실이 신경 쓰였다. 그가 컴너를 떠난 사실이 의아했다. 하지만 불과 일주일 전에 수전에게서 애정이 가득 담긴 편지를 받았기에 그는 일말의 의심도 하지 않았다. 하지만 다음 날 아침, 조지의 어머니가 아처 씨로부터 온 편지를 조지에게 건네주었다. 그 편지 안에는 아처 씨의 여동생이 쓴 편지도 있었다. 조카가 이틀 전에 몰래 집을 나가 깁스 씨와 결혼했다는 내용이었다. 수전은 이전에도 몇 번 사촌과 시간을 보내기 위해 외출한 듯했다. 하지만 그날 수전은 밤이 되도록 집에 돌아오지 않았고, 가족은 그저 수전이 그곳에서 자고 돌아오려나 보다 생각했다. 하지만 다음 날 아침 수전 대신 그녀의 결혼 소식이 전해졌다.

조지는 편지를 다 읽고도 이 사실이 믿기지 않았다. 다른 감정은 느낄 새도 없었다. 분명 무언가가 잘못되었다고 생각했다. 반면 그의 아버지는 눈물을 글썽이며 남자답게 견뎌내라고 격려했다. 어머니는 화를 냈지만, 오히려 잘된 일이라고 말했다. 조지는 그저 멍하니 앉아 아무 말도 하지 못했다. 한결같고 선한 그에게 이런 배신은 있을 수 없는 일이었다.

그렇게 30분이 흘렀고, 이 일이 사실이라고 믿을 수밖에 없는 일이 일어났다. 깁스 씨의 하인 제임스 윌킨스가 미소를 지으며 편지 한 통을 건넸다. 그 안에는 수전이 보낸 편지가 들어 있었다. 수전의 새로운 이름으로 서명된 편지였다.

"당신 입장에서 내가 저지른 일은 변명의 여지가 없을 거예요. 나를 믿고 사랑한 만큼 나를 미워하고 증오할 테지요. 당신에게 차마 못 할 짓을 저질렀기에 용서하라는 말은 안 할게요. 용서할 수 없다는 것을 알아요. 하지만 한 가지 부탁하건대 복수만은 하지 마세요. 이미 일어난 일은 되돌릴 수 없어요. 조지! 정말 나를 사랑했다면 내 부탁을 들어줘요. 나를 미워하고 증오해요. 다른 건 바라지 않아요. 하지만 내가 저지른 나쁜 행동 때문에 다른 누군가에게 복수는 하지 마세요. 내 모든 것을 잊어주세요. 그게 우리 둘에게 최선이에요. 차라리 우리가 만나지 않았다면 얼마나 좋았을까요."

이후에도 이와 비슷한 내용뿐이었다. 약하면서도 자기 자신을 비난하는 말투에 결과를 두려워하는 그런 내용이었다.

그는 근육질의 강인한 손으로 편지를 쥐고 글을 읽어 내려갔다. 수전만을 위해 성실하게 애썼을 그 손이다. 편지를 다 읽고 나서 그는 아버지에게 편지를 건네고 방에서 나갔다. 좁은 계단을 올라 작은 방으로 들어가 문을 잠그는 소리가 들렸지만, 그 후에는 아무 소리도 들리지 않았다.

잠시 후 조지의 어머니가 그를 찾아갔다. 수전에게서 해방된 듯해 안도하면서도 극심한 고통을 겪을 사랑스러운 아들이 너무도 가여웠다. 조지는 무릎에 시든 홉 가지를 올려두고 창가에 앉아 있었다. 어머니가 그에게 다가가 그의 뺨에 자기 뺨을 갖다 댔다.

"아들, 조금만 참으렴." 어머니는 진심으로 그를 위로했다. "그저 믿으면 시간이 흘러 마음이 편안해질 거야. 지금은 견디기 힘들겠지만. 지금은 모든 것이 끔찍하고, 힘들고, 괴로울 테지만, 너를 진심으로 사랑하는 불쌍한 부모를 봐서라도 견뎌내렴."

조지가 차가운 눈빛으로 어머니를 올려다보며 독하게 말했다. "그럴 거예요. 지금도 그러는 거 안 보여요?"

그의 눈빛은 흐리고 절망적이었다. 어머니는 차라리 그 눈에서 눈물이라도 떨어져 찢어지는 가슴을 달래주기를 간절히 바랐다.

"그 아이는 너와 어울리지 않아. 항상 말했잖니."

그때 조지가 단호한 손짓으로 어머니의 말을 가로막았다.

"어머니! 지금, 이 순간부터 더는 그 일과 그 사람에 관해 한마디도 하지 마세요. 수전이 한 행동은 그렇게 나쁘다고 할 수 없어요. 저는 괜찮아요. 저는 달라진 게 없으니, 아버지와 어머니도 그렇게 아세요. 적어도 그 여자 이름을 다시는 입에 올리지 않는다고 약속하면 달라지는 건 없을 거예요. 수전은 제 심장을 돌로 변하게 했을 뿐이에요. 그게 다예요! 별거 아니에요!"

그가 넓은 가슴에 손을 얹고 크게 한숨을 내쉰 후 말했다. "오늘 아침만 해도 여기에서 심장이 뛰었는데, 지금은 차갑고 무거운 돌덩이만 남았네요. 하지만 별일 아니에요."

"어떻게 그렇게 말할 수 있니!" 조지의 어머니가 울부짖으며 그를 안았다. "그런 말을 들으니, 가슴이 찢어질 듯하구나!"

하지만 조지는 차분히 어머니 팔을 내린 후 뺨에 입을 맞추고 그녀를 문밖으로 내보냈다. "일하러 가야 해요." 조지는 어머니보다 먼저 계단을 내려가 힘찬 발걸음으로 집을 나섰다.

그날 이후 조지는 완전히 다른 사람이 되었다. 어느 때보다 열심히 일을 나갔고, 모든 일을 신중하게 처리했다. 하지만 마치 하고 싶지 않지만 꼭 해야 하는 일이라는 듯 의무적으로 했다. 아무도 그가 미소 짓는 모습조차 보지 못했다. 농담 섞인 말 한마디도 듣지 못했다. 심각하고 단호하게, 그는 마음에 들지 않는 길을 갔다. 누구의 위로도 구하지 않았고, 누구도 위로하지 않았다. 부모님을 제외한 모든 사람과 연을 끊었다. 그렇게 그는 슬프고 고독한 사람이 되었다.

한편, 컴너 공유지에 위치한 깁스 씨의 '플레이스'가 임대로 나왔다. 낯선 사람들이 그 집에 살게 되었고, 거의 3년 동안 깁스 씨와 그의 아내는 그곳에 나타나지 않았다. 그러던 어느 날, 이들이 돌아온다는 소문이 들렸고, 이 소문은 작은 마을을 떠들썩하게 했다. 마침내 그들이 돌아왔고, 그들을 둘러싼 소문은 안타깝게도 사실로 드러났다.

이런 소문은 꼭 새어 나오기 마련이다. 깁스는 아름다운 아내를 학대했고, 한때 사랑이라고 생각했던 결혼 생활은 끔찍했다. 수전의 아버지와 오빠들이 깁스 부부를 여러 차례 방문했지만, 그들은 방문에 관해 이상하게 입을 닫았다. 그저 깁스와 결혼하기를 그토록 바랐던 수전의 아버지가 이제는 그 결혼을 무척이나 후회하고 있다는 말만 돌았다. 수전을 본 사람들은 그녀의 변화에 새삼 놀랐다. 예전 모습은 그저 흔적으로만 남아 있었다. 여전히 사랑스러웠지만, 겁에 질린 듯한 모습에 얼굴은 창백했다. 모든 빛은 사라지고 영혼마저 빠져나간 듯했다. 그렇게 예쁜 입술에서 더는 미소를 찾아볼 수 없었다. 자신을 쏙 빼닮은 금발의 어린 아들과 놀때를 제외하고 말이다. 하지만 아이와 있을 때조차 행동에 제한이 많았다. 폭군 같은 그녀의 남편은 아들에게 거친 말을 했고, 수전이 아들의 방에 들어가는 것을 막았다.

바로 근처에 살았지만, 조지는 옛 애인을 쉽사리 마주치지 못했다. 조지는 컨너 교회에 출석하지 않았고, 수전은 남편과 드라이브를 하거나 사우샌저 숲을 걸어 아버지 집에 가는 경우를 제외하고 집 밖으로 나오지 않았다. 언제라도 도망칠 듯 발을 높이 치켜들고 걷는 말을 타고 아버지의 집을 지나치는 수전을 충분히 만날 수도 있었지만, 조지는 의도적으로 수전을 피했다. 조지의 어머니가 수전과 그녀의 마차 이야기를 꺼냈을 때도 그는 아무 말도 하지 않았다. 입을 꾹 닫는 것은 자기 의지로 충분히 가능했지만, 다른 이들의 입까지 닫을 수는 없는 노릇이었다. 그래서 그의 귀도 다른 이들이 떠드는 말을 들을 수밖에 없었다. 무슨 수를 써도 깁스 부부의 일거수일투족이 그의 귀에 들어왔다. 조지의 고용주 밑에서 일하는 다른 일꾼들은 남편이 얼마나 잔인한지 수군거렸고, 빵집에서 일하는 소년은 '깁스가 특히 술에 취했을 때' 자신이 들었던 욕설과 심지어는 자신이 목격한 폭력적인 모습을 끊임없이 떠들었다. 그런 모습을 보고 겁에 질린 불쌍한 그의 아내는 남편이 무슨 짓을 할지 몰라 치안판사를 찾아가 도움을 요청하려 했다고 한다. 조지는 귀를 닫고만 있을 수 없었다. 그런 조지를 본 사람들은 그의 눈빛이 예사롭지 않다고 했다.

어느 일요일, 이드 부부는 늦은 점심을 먹는 중이었다. 그때 마차가 빠르게 지나가는 소리가 들렸다. 이드 부인이 지팡이를 집어 들고 절뚝거리며 창문으로 걸어갔다.

"그럴 줄 알았어!" 이드 부인이 소리쳤다. "깁스가 또 술에 취해 테넬름스 쪽으로 가는 듯해요. 말을 얼마나 채찍질하는지. 심지어 아들도 태웠어요. 아이나 아내의 목이 부러져야 말을 멈출 거예요. 시몬스가….”

볼 옆에서 아들의 숨결이 느껴져 이드 부인은 말을 하다가 말았다. 실제로 창문으로 다가온 조지가 어머니 뒤에서 테넬름스 길을 향해 거칠게 달리는 마차를 심각한 표정으로 바라보았다.

“저자의 목이 부러졌으면!” 조지가 이를 악물고 중얼거렸다.

“조지! 어떻게 그런 말을 하니!” 이드 부인이 충격을 받고 창백한 얼굴로 말했다. “하나님을 믿는다면 그런 말을 해서는 안 된다. 어서 회개하렴. 우리의 목숨은 주님께 달렸다.”

“주일 예배에 착실히 참석했으면 더 선한 마음을 품었을 텐데. 지금처럼 교회에 나가지 않으면 절대 잘될 수 없을 거야. 내 말 명심하렴.” 조지의 아버지가 심각하게 말했다.

자리로 돌아온 조지가 아버지의 말에 자리에서 벌떡 일어나 매섭게 소리쳤다. “교회라뇨! 가려고 했지만, 갈 수가 없었어요. 이제 더는 교회에 가지 않을 거예요!” 그가 창백한 입술을 바들바들 떨며 계속 소리쳤다. “아무 말 없이 일만 하니, 잊은 줄 아세요? 잊어요?" 그가 주먹을 불끈 쥐고는 테이블을 '쾅'하고 내리쳤다. "내가 죽어 관에 들어가는 날까지 절대 잊지 못할 거예요! 그러니 제발 내버려두세요!" 조지의 어머니가 끼어들려고 하자 조지가 다시 소리쳤다. "저를 생각해서 하는 말인 줄은 알지만, 여자들은 언제 입을 열고 언제 할 말을 참아야 하는지 도무지 알지 못해요. 다시는 제 앞에서 그놈의 이름도, 교회도 입에 올리지 마세요." 그리고 조지는 방을 나가 집 밖으로 나갔다.

이드 부인은 앙심을 품은 듯 격렬해진 조지의 모습에 슬픔을 감추지 못했다. 그녀는 마치 조지가 지옥으로 향하는 듯 보였다. 심히 걱정되어 교구 목사인 머레이 목사에게 다음 날 아침에 방문해달라는 편지를 보냈다. 하지만 머레이 목사는 병환 중이라 2주가 지나서야 그녀의 편지에 답장을 보냈다. 그러는 동안 많은 일이 일어났다.

깁스 부인의 큰 걱정 중 하나는 아들이었다. 그녀의 남편은 어떻게든 아들을 말에 태우려 했다. 모두가 아들의 목숨을 위태롭게 하는 일이라고 생각했다. 이를 두고 둘은 격렬히 다퉜다. 하지만 깁스 부인이 울며 애원할수록 남편은 아내의 부탁을 매몰차게 무시했다. 하루는 아내를 더 겁주려고 채찍을 손에 들려 아들을 혼자 마차 좌석에 올렸다. 깁스는 마차 문 앞에 서서 말의 고삐를 느슨하게 잡은 채 제발 마차를 타든지 아니면 자기라도 타게 해달라고 두려움에 떨며 비는 아내를 조롱했다. 그때 인근 들판에서 총소리가 들렸다. 그 소리에 화들짝 놀란 말이 정신없이 달리기 시작했다. 술에 취한 깁스는 손에서 고삐를 놓쳐 버렸다. 아이의 손에 들려 있던 채찍이 말의 등으로 떨어지자, 흥분한 말이 더 거세게 달리기 시작했다. 아이는 마차 밑으로 떨어졌고, 그 충격에 기절해 버렸다.

이 일이 일어났을 때 조지가 마침 근처에 있었다. 그가 날뛰는 말 위로 몸을 던져 온 힘을 다해 고삐를 잡았다. 앞만보고 내달리는 말에 거의 질질 끌려가면서도 사투를 벌이며 고삐를 놓지 않았다. 결국 말은 고삐에 다리가 걸려 무서울 만큼 격렬하게 넘어지는 바람에 기절해서 움직이지 못했다. 조지도 바닥으로 고꾸라졌지만, 가벼운 타박상만 입었다. 마차 밑으로 떨어진 아이도 겁에 질린 채 비명을 질렀지만, 다행히 다친 곳은 없었다. 이 일이 벌어지고 5분도 채 지나지 않아 마을 사람 절반이 현장에 모여들었고, 조지와 아이의 안부를 물으며 안도하고 박수를 보냈다. 아들을 가슴에 꼭

안은 수전은 뜨거운 눈물을 흘리며 조지의 손을 꼭 잡았다.

"축복해요! 축복합니다!" 수전은 정신이 나간 사람처럼 눈물을 흘렸다. "내 사랑하는 아들의 목숨을 구해주다니! 당신이 아니었으면 이미 세상을 떠났을 거예요. 어떻게 하면 이 은혜를…."

그때 누군가가 거칠게 수전을 밀었다. "무슨 짓이야?" 분노에 찬 깁스가 거친 욕설을 내뱉으며 말했다. "당장 그만두지 못해? 저자가 지금 말을 다치게 해서 말을 총으로 쏴 죽여야 할 판인데, 무슨 짓을 하는 거야?"

그 말에 수전은 주저앉아 다시 정신이 나간 사람처럼 울음을 터뜨렸다. 이 모습을 지켜보던 마을 사람들이 "부끄러운 줄 알아야지"라고 일제히 중얼거렸다.

하지만 조지는 달려와 자신의 손을 잡는 수전의 손을 뿌리치며 매몰차게 돌아섰다. 그리고 깁스를 바라보며 말했다. "저 짐승을 쏴 죽이는 자는 오히려 좋은 일을 했다고 칭찬받아 마땅합니다. 아니, 미친개나 다름없는 당신을 쏴 죽이는 편이 나을지도 모르지!"

모두가 그 말을 들었다. 모두가 그 말을 내뱉는 조지의 표정을 보고 겁을 먹었다. 지난 3년간 억눌린 분노와 원한이

함축되어 그 야만적이고 말로 표현할 수 없는 혐오스러운 표정으로 분출된 듯했다.

그 일이 있고 이틀 후 머레이 목사가 이드 부인을 찾아가 위험천만한 사고에서 아들이 무사해서 다행이라며 그녀를 위로했다. 그 사건 이후 이드 부인은 눈을 감기조차 두려웠다. 눈을 감으면 마을 사람들에게 전해 들은 조지의 표정과 말들이 끔찍하게 떠올랐다. 머레이 목사도 그녀를 위로하지 못했다. 머레이 목사가 몇 번이고 조지를 설득하고 이해시키려 노력했지만, 아무 효과가 없었다. 조지는 무례하게 대답했다. 자기 할 일을 제대로 하고 누군가에게 해가 되지 않는 한 자신과 관련한 문제는 스스로 결정할 권리가 있다고 대답했다. 그리고 교회 문 안으로 다시 들어갈 일은 절대 없다고 단호하게 말했다.

"시련을 겪고 있습니다." 머레이 목사가 말했다. "힘들고 도무지 왜 겪는지 이해하지 못하는 시련 같을 테지만, 믿음을 가지기를 바랍니다. 지금은 우리가 알 수 없지만, 이 시련 속에는 분명 선한 목적이 있습니다."

"그래도 아들이 무사해서 다행이에요. 저렇게 복수와 원한에 가득 차 있지만, 살아 있어서 다행이라고 생각해요. 알

다시피…."

누군가가 문을 두드리는 소리에 이드 부인이 하던 말을 멈췄다. 이웃에 사는 정육점 주인 비치 씨의 아들이었다. 그는 이드 부인과 함께 있는 머레이 목사를 보고 인사했지만, 의심스러운 눈빛으로 둘을 바라보았다.

"짐, 오늘은 아무것도 필요 없어." 이드 부인이 말했다. 그러고는 젊은 남자의 혼란스러운 표정을 보고 덧붙였다. "비치 씨는 오늘 아침 괜찮아? 짐, 너는 얼굴이 안 좋아 보이는데."

"조금 당혹스러워서 그래요." 짐이 이마의 땀을 닦으며 대답했다. "방금 그를 만나고 왔는데, 충격적인 소식을 들었어요."

"그라니? 누구 말이냐?"

"아직 못 들었나요? 어젯밤 깁스가 사우샌저 숲에서 살해된 채로 발견되었어요."

"깁스가 살해되었다고?"

숨이 막힐 정도의 공포감에 잠시 정적이 흘렀다.

"던스턴 암즈로 시체를 옮기는 걸 봤어요."

이드 부인은 얼굴이 창백해지더니 이내 기절하고 말았다.

머레이 목사가 급히 하녀 제미마를 찾았다. 하지만 제미마는 이미 그 끔찍한 소식을 듣고 정신없이 집 밖으로 뛰쳐나가 깁스의 집으로 달려가는 중이었다. 이제 더는 깁스가 두 발로 걸어서 들어갈 수 없는 그의 집 주변에는 이미 많은 사람이 모여 겁에 질린 눈으로 수군거리고 있었다.

이드 씨의 응접실에도 곧 사람들이 들이닥쳤다. 공유지에 거주하는 사람들 대부분이 이드 부부의 집으로 모였다. 하지만 왜 이드 부부의 집으로 모였는지는 아무도 몰랐고, 아무도 신경 쓰지 않았다. 가장 먼저 방으로 들어온 사람은 사이먼 이드였고, 그가 넋이 반쯤 나간 아내를 보살폈다. 모여든 사람들 사이에서는 시체가 발견된 위치, 소총 주머니, 뒤에서 가격당한 끔찍한 흔적, 그리고 살인이 일어나고 몇 시간이 지났는지 등 많은 이야기가 오갔다. 그러던 중 밖에서 발소리가 들리더니 조지가 방으로 들어왔다.

소란하던 사람들이 한순간에 조용해졌다. 침묵은 무언가 불길한 징조처럼 느껴졌다.

무슨 일이 일어났는지 아느냐고 그에게 물어볼 필요도 없었다. 조지의 얼굴은 죽은 이의 얼굴처럼 창백하고 초췌했으며 온통 땀범벅이었다. 그 끔찍한 일을 알고 있음이 분명했다. 하지만 거의 무의식적으로 그가 중얼거린 말은 오랫동안 많은 사람의 기억에 남았다.

"깁스 대신 내가 그 숲에서 죽어야 했어!"

조지를 의심할 수밖에 없는 사건들이 연이어 발생했다. 사이먼 이드는 굳건히 아들의 결백을 확신했다. 조지를 의심했던 사람들조차 그 확신 가득한 믿음에 마음이 움직였다. 사이먼 이드는 하나님께서 결백한 조지의 손을 들어주시리라 믿었다. 하지만 약한 그의 아내는 건강마저 악화하였다. 간절히 기억에서 지워버리고 싶은 조지의 말과 눈빛을 잊지 못해 정신이 반쯤 나간 채로 그저 울부짖으며 하나님께 애절하게 기도했다.

조지는 체포되었을 때 아무 저항도 하지 않았다. 간절해 보이지는 않았지만, 단호하게 자신은 결백하다고 말했다. 그 후로는 입을 열지 않았다. 단지 아버지의 손을 꽉 잡고 경찰을 보고 다시 쓰러진 어머니의 창백한 얼굴을 바라보며 그의 얼굴이 경련을 일으키듯 움찔거렸다. 하지만 곧 침착함을 되찾고 암울한 표정으로 차분하게 경찰과 함께 집을 나섰다.

깁스의 시신은 오전 10시경 플라셰트로 향하던 한 농부가 깁스의 개가 울부짖는 소리를 따라갔다가 발견했다. 시체는 자주 언급한 계단형 출입구로 이어지는 오솔길에서 멀지 않은 풀숲 아래에서 발견되었다. 시신은 짧은 거리를 끌려간 것으로 보였다. 길 위와 그 근처에서 격렬한 몸싸움의 흔적과 더불어 핏자국이 발견되었다. 이는 깁스의 머리 뒤쪽 상처에서 흘러나온 피로, 둔기보다는 무거운 도구로 뒤에서 가격당한 듯 보였다. 발견 당시 깁스는 이미 사망한 지 열한 시간에서 열두 시간 정도 지난 상태였다고 의료진은 증언했다. 누군가가 그의 주머니를 뒤진 듯했고, 시계, 지갑, 그리고 인장이 새겨진 반지가 사라진 상태였다.

깁스의 하인 두 명과 제임스와 브리짓 윌리엄스는 사건이 발생한 날 저녁 8시 20분에 깁스가 평소와 달리 술에 취하지 않은 상태로 집을 나섰으며 마지막으로 부엌의 시계를 보고 손목시계를 맞췄다고 증언했다. 그리고 먼저 던스턴 암즈에 들른 후 플라셰트에 갈 예정이라고 말했다고 했다. 깁스는 그날 밤 집으로 돌아오지 않았는데, 평소에도 아침에 집으로 오는 일이 많았고 항상 정문 열쇠를 가지고 다녀서 이상하게 생각하거나 걱정하지 않았다고 했다.

반면 사이먼 이드와 그의 아내, 그리고 하녀는 조지가 사건 당일 집에서 차를 마시고 나갔다가 밤 9시에 돌아왔다고 했다. 평소와 다른 행동이나 외모에 특이한 점은 없었고, 저녁 식사를 한 후 10시까지 부모님과 시간을 보내다가 가족 모두가 자러 각자의 방으로 들어갔다고 말했다. 다음 날 아침, 평소보다 조금 일찍 일어난 제미마가 2층에서 내려오는 조지를 보았다고 했다.

조지의 왼쪽 손목에는 얼마 전 빵과 치즈를 자르다가 칼이 미끄러지는 바람에 생긴 상처가 있었다. 같은 방식으로 그는 코트 소매 안쪽과 바지에 묻은 핏자국이 어떻게 생겼는지 설명하려고 애썼다. 깁스의 소지품 중 조지에게서 발견된 유일한 물건은 'G.G'라는 이니셜과 세 개의 V자 표시가 새겨진 작은 연필이었다. 대장장이 잡 브레틀은 깁스가 사건 당일 오후 깎기 위해 그 연필을 자신에게 건네주었다고 증언했다. 그(브레틀)는 연필에 새겨진 각인과 표시를 알고 있었고, 자신이 깎아준 깁스의 연필이라는 것을 확신했다. 이에 조지는 그 연필을 공유지에서 주웠고, 그 연필의 주인이 누구인지 전혀 모른다고 주장했다.

대질 신문에서 사건 당일 깁스 부부가 평소보다 심하게 싸웠다는 사실이 밝혀졌다. 격렬한 싸움 끝에 깁스 부인은 더는 이렇게 살 수 없다고 하며 분명 자신을 도와줄 사람에게 도움을 요청하겠다고 말했다고 한다. 얼마 후 그녀는 이웃집 아들을 시켜 조지 이드에게 편지를 보냈고, 남편이 외출하고 몇 분 후 본인도 외출했다가 15분 만에 집에 돌아와 침실로 들어갔고, 다음 날 아침 시체가 발견되기 전까지 방에서 나오지 않았다.

검사관이 그녀에게 밤새 어디에 있었는지 물어보았지만, 아무 대답도 듣지 못했다. 하지만 신문 도중 너무 자주 정신을 잃어서 그녀의 증언은 이상하게 어긋나고 일관성이 없었다.

조지는 그날 저녁 8시 20분경 사우샌저 숲에 간 사실은 인정했지만, 그곳에 간 이유는 밝히지 않았다. 그곳에 머문 시간은 기껏해야 15분밖에 되지 않는다고 단언했다. 이어서 계단을 오를 때 멀리 있는 깁스와 그의 개를 보았다고 진술했다. 그날 저녁에 뜬 달은 낮의 해만큼 밝아서 먼 거리에서도 깁스를 뚜렷이 알아보았다. 깁스와 마주치지 않으려고 그는 드링가로 넘어가 멀리 있는 유료 도로까지 걸어갔다가 다시 집 쪽으로 방향을 틀어 아무도 만나지 않고 9시에 집에 도착했다.

(간략하게) 조지의 결백에 힘을 더한 주장은 다음과 같다.

1. 조지가 9시에 집으로 돌아와 서두르거나 동요하는 모습 없이 저녁 식사를 했다는 믿을 만한 목격자 세 명의 증언.
2. 살인을 저지르고 깁스의 소지품을 숨기기에는 시간이 너무 부족했다는 점.
3. 체포되기 전까지 모두가 익히 알고 있던 조지의 높은 도덕성.

반면 조지를 살인자로 볼 증거도 있었다.

1. 손목에 난 상처와 옷에 묻은 핏자국.
2. 조지에게서 발견된 깁스의 연필.
3. 깁스가 던스턴 암즈(집에서 나간 후 처음으로 간 곳)를 떠나고 조지가 집으로 돌아간 30분 사이 조지의 행방에 대한 설명 및 증거 불충분.
4. 깁스를 향한 조지의 깊은 분노와 깁스를 죽이고 싶다고 한 그의 말.

던스턴 암즈의 주인에 따르면 깁스는 8시 30분이 되기 몇 분 전에 플라셰트로 가기 위해 그곳을 떠났다. 술집에서 깁스의 시신이 발견된 지점까지는 보통 걸음으로 4~5분 정도면 도착한다. (만약에 조지가 살인을 저질렀다면) 전속력으로 뛰었다면 살인을 저지를 시간은 약 23~24분, 보통 걸음으로 걸었다면 약 19~20분 정도였을 것이다.

재판관 앞에서도 조지는 단호하고 심지어는 반항적으로 보였고, 어떤 감정도 드러내지 않았다. 그저 다음 재판에만 전념했다.

조지에 대한 컴너 사람들의 의견은 크게 갈렸다. 조지는 많은 이와 친하지 않았고, 특히 지난 3년간 극도로 혼자 지냈기 때문에 사람들과 더욱더 멀어진 상태였고, 이 같은 어려운 시기에 그의 편에 서줄 사람은 많지 않았다. 본래 조지는 사람들 사이에서 평판이 좋았지만, 최근에는 원한만 가득 품어 분노를 참지 못하는 사나운 사람으로 알려졌다. 그를 가장 잘 아는 사람 중 적지 않은 사람들이 한때 너무도 사랑한 연인의 안타까운 모습에 극도의 분노를 느끼고 그녀를 잃은 오랜 슬픔에 잠겨 있다가 복수심에 불타 상황을 이렇게 만든 원수를 살해했다고 믿었다. 한밤중에 집에서 몰래 나와 인근에 잠복했다가 플라셰트에서 돌아오던 깁스를 살해하고 의심을 피하려고 깁스의 물건을 숨겼거나 없애버렸다고 생각했다.

그의 재판은 특정 지역에서 발생한 강렬한 소동이었고, 전국에 걸쳐 높은 관심을 받았기 때문에 오랫동안 기억될 것이다. 조지의 변호는 유능하기로 소문난 말콤슨 씨가 맡았다. 조지가 깁스를 살해했다고 단 한 순간도 믿지 않았던 말콤슨 씨는 그를 변호하는 데 드는 수고로움과 비용을 기꺼이 부담했다. 피고석에 선 조지에게 모든 이의 시선이 집중되었지만, 그는 완벽하게 침착했다. 하지만 그에게서 보이는 외모의 변화는 그가 정말 살인자라고 믿었던 사람들조차 그를 불쌍한 눈으로 바라보게 했다. 변호사의 화려한 언변보다 그런 그의 변화 때문에 오히려 배심원단은 조지의 편이 되어주었다. 조지는 극심한 고통을 겪은 듯했다. 지난 몇 주간 몇 년은 더 산 듯이 늙었다. 남은 머리카락이 별로 없었고, 삐쩍 마른 몸 위에 걸친 옷은 유난히 커 보였다. 혈기 왕성한 조지는 온데간데없고 힘없이 축 늘어진 초췌한 남자만 서 있었다. 표정조차 예전 같지 않았다. 더는 그의 얼굴에서 근엄함이라고는 찾아볼 수 없었다.

무죄 선고가 내려진 후에도 법정 안에는 한숨만 울려 퍼졌다. 축하의 환호성도, 기쁨의 박수도 들리지 않았다. 아무 말

없이 죽음을 앞둔 사람처럼 침울한 눈빛으로 조지 이드는 어머니가 석방을 간절히 기도한 그 집으로 아버지와 돌아갔다.

무죄 판결을 받으면 컴너를 떠나 다른 곳에 정착하리라는 예상과 달리 그는 본래 성격대로 컴너에 남아 모든 것을 받아들였다. 무죄 선고를 받은 다음 첫 일요일, 그가 교회 예배에 나타나 모두를 놀라게 했다. 그는 자신에게 관심이 쏠릴 것을 우려해 다른 사람들에게서 멀찍이 떨어져 앉았다. 그때부터 그는 규칙적으로 예배에 참석했다. 그의 행동에서 관찰할 수 있는 변화는 이뿐만이 아니었다. 암울해 보이기만 하던 그는 다시 겸손하고 침착해졌다. 최소한의 예의를 보이는 사람들에게는 감사함도 표했다. 부모를 세심히 돌보았고, 하루 종일 성실히 일했다. 밤이 오면 독서에 매진하기도 했다. 과거에 일어난 일에 관해서는 일언반구도 없었다. 그러나 잊지는 않았다. 어느 때보다 우울해했지만, 더는 비통해하거나 원망하지 않았다. 조지 이드는 이렇게 변했다. 먼발치에서 조지의 모습을 발견한 사람들은 그를 눈으로 좇으며 서로에게 속삭였다. "정말 그가 죽였대?"

조지와 수전은 한 번도 만나지 않았다. 수전은 그 비극적인 사건 이후 심각한 병에 걸려 오랫동안 아버지 집에 머물렀다. 수전의 아버지는 깁스의 재산을 탐낸 죄로 응당한 벌을 받았다. 깁스가 수전에게 주기로 약속한 금액은 1년에 50파운드밖에 되지 않았고, 그마저도 수전이 재혼할 시에는 모두 상환하기로 되어 있었다.

그 일이 있고 약 1년의 세월이 흘렀다. 밝은 달빛이 하늘을 밝히는 밤이었다. 머레이 목사는 혼자 서재에 앉아 있었는데, 하인이 들어와 루크 윌리엄스라고 이름을 밝힌 낯선 사람이 이야기를 나누고 싶어 한다고 말했다. 밤 10시가 넘은 시각이었고, 목사는 매일 아침 일찍 근무해야 했기에 그의 방문을 거절했다.

"내일 아침에 다시 오라고 하게. 이야기를 나누기에는 너무 늦은 시각이니." 머레이 목사가 말했다.

"그렇게 하라고 이미 말했지만, 급한 일이라고 했습니다."

"혹시 돈을 구걸하러 왔나?"

"그렇지는 않습니다. 허나 꽤 충격적인 모습으로…."

"들어오라고 하게."

방으로 들어온 남자는 정말 충격적인 모습이었다. 창백한 얼굴에 눈빛에서 생기라고는 전혀 찾아볼 수 없는 시체 같았다. 게다가 기침을 너무 심하게 해서 숨을 헐떡이기까지 했다. 삶의 끝자락에 서 있는 사람 같았다. 그는 머레이 목사를 오묘하게 슬픈 표정으로 바라보았다. 머레이 목사도 그를 바라보았다.

그러다가 낯선 이가 하인에게 눈길을 돌렸다.

"로버트, 나가서 기다리게."

로버트는 머레이 목사의 말대로 방에서 나갔지만, 근처에서 대기했다.

"다른 사람 집을 방문하기에는 다소 특이한 시각이군요. 할 말이 뭡니까?"

"목사님 댁을 방문하기에 특이한 시각이기는 합니다. 허나 제가 온 이유는 그보다 더 특이합니다."

남자는 커튼이 드리워지지 않은 창문으로 걸어가 10월의 보름달을 바라보았다. 달빛 아래 고풍스러운 오래된 교회, 묘비, 그리고 고요한 집들이 드러났다.

"무슨 일입니까?" 머레이 목사가 다시 물었다.

하지만 남자는 아무 말 없이 그저 하늘만 바라보았다.

"그날 밤에도 달이 이렇게 빛났지요." 남자가 몸을 떨며 말했다. "달빛이 거기 누워 있는 깁스의 얼굴에, 그리고 감지 못한 그의 눈에 닿았습니다. 아무리 눈을 감기려 해도 감기지 않았고, 부릅뜬 두 눈이 저를 쳐다보았습니다. 그날 이후로는 그런 달빛을 본 적이 없습니다. 오늘에야 그 달빛을 다시 마주했고, 목사님을 찾아왔습니다. 항상 그래야 한다고 생각했고, 정말 이렇게 목사님을 찾아와 모두 털어놓으니 훨씬 낫습니다. 후련합니다."

"당신이 깁스를 죽였다고요? 당신이?"

"제가 그랬습니다. 오늘도 그곳을 다시 보고 왔습니다. 꼭 가봐야 한다고 생각해서 다녀왔습니다. 지금 목사님의 눈을 보듯 달빛에 빛나는 그의 눈을 다시 보았습니다. 어찌나 끔찍하던지!"

"상당히 정신없어 보이고 몸이 아픈 듯한데, 혹시⋯."

"저를 믿지 못하는군요. 저도 사실이 아니기를 바라지만, 이것 좀 보세요."

야윈 손을 벌벌 떨며 그가 주머니에서 무언가를 꺼냈다. 시계, 반지, 그리고 지갑이었다. 모두 깁스의 물건이었다. 그는 그것들을 탁자 위에 올려놓았다. 머레이 목사도 그 물건들이 누구의 것인지 알고 있었다.

남자가 희미한 목소리로 말했다. "지갑에 있던 돈은 제가 썼습니다. 몇 실링밖에 없었지만, 돈이 무척 필요한 상황이었습니다."

그러고는 그가 끔찍한 신음을 내며 의자에 풀썩 주저앉았다.

머레이 목사가 그에게 진정제를 주었고, 그는 이전보다 한층 편안한 모습을 보였다. 하지만 여전히 몸을 떨며 텅 빈 눈빛으로 달을 바라보다가 때때로 다음과 같은 이야기를 중얼거렸다.

그와 깁스는 불미스러운 금전 거래에 연루되었고, 그 탓에 그는 파산에 이르고 말았다. 극심한 고통에 시달리던 그는 깁스가 제안한 상당한 뇌물을 받고 수전을 납치하는 일을 공모했다. 결혼을 앞두고 조지와 수전이 떨어져 있던 2주간 깁스와 그 남자는 수전을 따라 오미스톤으로 갔다. 그들은 마을의 다른 곳에 몸을 숨긴 채 그녀의 움직임을 면밀히 감시했다. 수전이 사촌과 하루를 보내기로 한 사실을 확인한 그들은 한 여자를 시켜 조지 이드가 보낸 것처럼 꾸민 편지를 가지고 수전과 마주치게 했다. 조지가 철도 사고로 부상을 당해 죽음을 앞두고 있으니 즉시 오라는 내용의 편지였다. 끔찍한 소식에 놀란 수전은 그 여자가 이끄는 데로 따라

갔다. 마을 외곽 외딴집에 들어선 수전은 그곳에서 기다리던 깁스와 윌리엄스를 마주했다. 그들은 수전이 들어오자마자 문을 잠가버렸고 집에 들어온 이상 나갈 수 없다고 말했다. 소리를 질러도 아무도 들을 수 없고 설사 누군가가 소리를 듣는다고 해도 도망칠 수 없다고 협박했다. 깁스의 아내가 되겠다고 동의하기 전까지는 그곳에서 벗어날 수 없다고 했다. 게다가 거칠게 욕설을 내뱉으며 예정대로 조지 이드와 결혼했다면 교회에서 돌아오는 조지 이드를 총으로 쏴 죽였을 것이라고도 말했다.

갑작스럽게 벌어진 일에 두려움과 상황을 벗어날 수 없다는 무력감을 느끼면서도 수전은 예상보다 오래 저항했다. 하지만 밤낮으로 장전한 권총을 들고 온갖 협박을 해대는 깁스의 감시 아래 있었기 때문에 결국 수전은 그가 말하는 대로 편지를 받아 적었다. 깁스와 결혼할 예정이라는 내용의 편지는 그렇게 작성되었다. 하지만 실제로 깁스와는 3주 후에 결혼식을 올렸고, 오랜 협박과 감시에 시달려 제대로 된 판단을 내릴 수 없게 된 수전은 그렇게 깁스의 아내가 되었다. 윌리엄스는 수전이 조지의 안전을 걱정해 더는 저항하지 않았다고 말했다. 수전 자신의 행복보다 조지의 안전을 더 중요하게 생각한 듯했다. 조지와 결혼하는 즉시 조지의 목숨을 앗아가겠다고 깁스가 너무 거세게 협박해서 수전은 조지와의 결혼을 더는 생각하지 않았다. 결국 수전은 자신이 그토록 사랑한 사람의 목숨값으로 자신을 깁스에게 내주었다. 윌리엄스는 깁스에게 약속한 돈을 받았다.

하지만 잔인하고 무자비한 깁스는 돈과 관련한 약속을 지킬 때도 거짓된 모습을 보였다. 그는 윌리엄스에게 약속한 금액을 나누어 지불하기로 했다. 처음 세 번은 약속한 금액을 지불했지만, 나머지 금액을 지불할 때가 오자 깁스는 윌리엄스를 피하기만 했다. 결국 돈이 없어 체포될 위기에 처한 윌리엄스는 컴너로 직접 가서 계획한 대로 사우샌저 숲에 숨어들었다. 숨어서 기회를 엿보다가 테넬름스에서 혼자 말을 타고 집으로 돌아가던 깁스를 덮쳤다. 평소처럼 술에 취한 상태였지만, 깁스는 한 눈에 윌리엄스를 알아보고 그에게 뻔뻔한 거지라고 욕하며 말을 몰아 그를 덮치려고 최선을 다했다. 그런 대우에 분노한 윌리엄스는 특정한 날짜를 지정해 그날 사우샌저의 어떤 장소로 약속한 돈을 빠짐없이 모두 가져오지 않으면 다음 날 아침 판사에게 직접 가서 수전을 어떻게 납치하고 결혼했는지 모조리 말해버리겠다고 편지를 썼다.

윌리엄스의 협박에 위기감을 느낀 깁스가 약속한 장소에 나타났지만, 돈은 가지고 오지 않았다. 돈을 지불할 의사가 없음을 분명히 했다. 여러 차례 실망하다가 끝내 분노의 단계까지 들어선 윌리엄스는 돈이 절실히 필요했기에 깁스가 몸에 지닌 돈과 다른 귀중품이라도 가져가야겠다고 말했다. 이에 화가 난 깁스가 저항하다가 결국 둘 사이에 격렬한 몸싸움이 벌어졌다. 깁스는 몇 번이나 몸에 지니고 있던 주머니칼로 윌리엄스를 찌르려 했다. 윌리엄스는 온 힘을 다해 깁스를 땅에 내동댕이쳤다. 그때 깁스의 뒤통수가 나무에 세게 부딪혀 그 자리에서 사망했다. 자신이 저지른 끔찍한 일과 그로 인해 자신에게 닥칠 결과에 두려움을 느낀 윌리엄스는 서둘러 길에서 시신을 옮기고 깁스의 주머니를 뒤진 후 그곳에서 벗어났다. 그가 사우샌저 숲에서 뛰쳐나갈 때 10시를 알리는 교회 종이 울렸다. 그날 그는 밤새 걸었고, 다음 날 도착한 오래된 집에서 잠깐 쉬었다가 발각되지 않고 런던에 무사히 도착했다. 하지만 런던에 도착한 직후 빚 때문에 체포되어 며칠 동안 감옥에 갇혔다가 결핵에 걸려 목숨이 위태로운 상태로 석방되었다. 그렇게 그는 죽음을 코앞에 두었다. 하지만 그 끔찍한 사건이 벌어진 후 깁스의 뜬 눈이 어디를 가나 그를 따라다녔고, 살아 있는 모든 순간이 그에게는 버겁게 느껴졌다.

한밤중에 속삭이듯 그가 목사에게 털어놓은 이야기였다. 진실이 아니라고 반박하기에는 너무 사실 같았다. 오랜 기간 세상의 의심을 받아온 자의 결백을 마침내 증명할 이야기였다. 다음 날 정오가 되기도 전에 윌리엄스의 자백은 온 마을에 들불처럼 번졌다.

부당한 의심을 받은 조지가 마침내 승리를 거두었다. 고난의 용광로 가운데서도 조지의 인품은 오히려 정화되었다. 하늘이 내린 징벌로 끔찍한 최후를 맞은 깁스의 운명에 조지는 묘한 연민과 자책감을 느꼈다. 깁스의 죽음에는 죄책감을 느끼지 못했지만, 그가 죽기를 바랐던 지난날의 간절한 바람에는 죄책감을 느꼈다. 그리고 그를 용서할 수만 있다면 이제 용서하고 싶었다. 그 역시 그토록 용서가 간절한 적이 있었기에 윌리엄스의 이야기를 전해 듣고 그가 가장 먼저 내뱉은 말에는 슬픔과 자책감이 묻어 있었다.

그 사건이 일어난 날 아침 조지는 수전으로부터 편지 한 통을 받았다. 그날 오후 자신의 아버지를 방문해 부디 깁스와 헤어지게 그를 설득해달라는 내용이었다. 깁스의 철저한 감시 탓에 수전은 자신의 목숨이 위험하다고까지 생각했다. 편지가 다른 사람의 손에 들어갈까 봐 두려웠던 수전은 조지에게 아버지를 만나 나눈 이야기를 사우샌저 숲에서 전해달라고 부탁했다. 하지만 수전의 아버지가 출타 중이라 조지는 그를 만나지도 못했다. 깁스가 술집에서 플라셰트로 향하고 있다는 소식을 들은 수전은 두 사람이 만나는 일이 없도록 조지에게 상황을 알려주려고 급히 집을 나섰다. 수전 덕에 가까스로 조지는 깁스와 마주치는 일을 피했다.

수전은 납치와 관련한 윌리엄스의 증언이 사실이라고 인정했다. 자백한 지 일주일이 채 되지 않아 윌리엄스는 감옥에서 참회하며 비참한 최후를 맞았다.

조지와 수전은 재회했다. 조지가 가슴에서 작은 실크 주머니를 꺼냈다. 주머니 안에는 시들어버린 홉이 들어 있었다. 시간이 많이 흐른 만큼 손을 대면 바스러질 정도로 홉은 시들었다. 조지는 그 시든 홉을 수전에게 건네주었다.

사이먼 이드의 집에서 멀지 않은 컴너 공유지에는 담장 위로 장미와 클레마티스가 뒤덮인 오두막이 하나 있다. 그곳에 가면 예전만큼 아름답지는 않지만, 여전히 고운 수전을 볼 수 있을지도 모른다. 갈색 눈의 아기를 품에 안은 행복한 수전 말이다. 운이 좋으면 조지를 만날 수도 있다. 일을 하다가 저녁 식사나 차를 한 잔 하러 집으로 돌아오는 조지. 성실하고, 밝고, 쾌활한 표정의 잘생긴 조지. 보기에 참 좋다.

VIII. 평생 복용할 것

소피는 모든 이야기를 처음부터 끝까지 몇 번이고 다시 읽었다. 나는 우리가 함께 이름 붙인 도서관 수레 한쪽 구석에 앉아 소피가 책 읽는 모습을 지켜보았다. 저녁 파티를 위해 코를 특별히 검게 칠하고 꼬리를 기계로 말아 올린 퍼그 견처럼 기쁘고 자랑스러웠다. 내 계획은 모두 성공했다. 다시 함께한 우리의 삶은 기대 이상이었다. 수레 두 대의 바퀴가 굴러갈 때 만족과 기쁨도 우리를 따라왔고, 바퀴가 멈추면 만족과 기쁨도 멈췄다.

하지만 나는 계산에서 무언가를 빠뜨렸다. 내가 무엇을 빠뜨렸을까? 추측을 돕기 위해 힌트를 주면 숫자다. 자, 추측해 보기를, 그리고 맞추기를 바란다. 0? 아니. 9? 아니. 8? 아니. 7? 아니. 6? 아니. 5? 아니. 4? 아니. 3? 아니. 2? 아니. 1? 아니다. 자, 이렇게 해보자. 그런 숫자가 아니라 어떤 형상이다. 그러면 인간의 형상이라고 답하겠지만, 아니, 그렇지 않다. 이제 궁지에 몰려 불멸의 형상이라고 답할지도 모른다. 그렇다. 좀 더 빨리 답할 수 있었을 텐데.[2]

그렇다. 내가 계산에서 빠뜨린 것은 바로 불멸의 인물이다. 남자도, 여자도 아닌 어린아이다. 그렇다면 여자아이인지 남자아이인지 물어본다면 남자아이라고 답하겠다.

우리는 랭커스터에 도착했다. 도착하기 전 나는 킹스 암즈 호텔과 로얄 호텔이 서 있는 거리 끝 근처 광장에서 이틀 밤 동안 장사했고, 장사는 평소보다 잘 되었다(그렇다고 해서 그곳의 관객이 특히 뛰어나다고 할 수는 없다). 그곳에서 공연을 준비하는 피클슨이라 불리는 밈이 소유한 거인을 우연히 마주쳤다. 피클슨의 연극은 고상한 곳에서 열렸다. 카라반은 보이지 않았다. 벽면의 초록색 모직 천을 걷으면 피클슨이 있는 경매장이 드러났다. '언론인을 제외하고 무료입

---

2 원문의 figure는 숫자 외에도 형상의 의미가 있다.

장 금지. 사전 협의 후 학생 입장 가능. 얼굴을 붉히거나 충격을 줄 불편한 내용 없음'이라고 적힌 포스터도 붙었다. 밈은 분홍색 옥양목이 깔린 계산대에서 연극을 보러 오는 사람이 없다며 거칠게 욕하고 있었다. 피클슨의 연기를 통해 데이비드의 역사를 제대로 이해할 수 있다는 내용의 연극 전단은 꽤 진중했다.

나는 문제의 경매장으로 들어갔다. 텅 빈 곳에 메아리만 울려 퍼졌고, 벽면에는 곰팡이가 가득한 가운데 빨간색 융단 위에 피클슨이 서 있었다. 피클슨과 단둘이 이야기하고 싶던 나는 오히려 잘된 일이라고 생각했다. "피클슨, 내가 행복해진 건 당신 덕분입니다. 당신에게 5파운드 지폐를 남기기로 유서를 작성했었지요. 하지만 지금 미리 4파운드를 주겠습니다. 연극 관람 비용이라 생각하고 우리 둘 사이의 거래는 이렇게 마무리합시다." 내가 그 말을 꺼내기 전까지 다 꺼져가는 긴 양초처럼 축 처져 낙담한 모습을 보이던 피클슨이 환한 표정을 지으며 (그의 기준에서는) 의회에서 발언하는 사람처럼 감사를 표했다. 그러면서 밈이 이제 로마인 역할은 그만하고 '낙농장 주인의 딸'이라는 연극에서 개종한 인디언 거인 역할을 제안했다고 덧붙였다. 하지만 피클슨은 그런 여

자에 관해 전혀 알지 못했고 그런 중대한 사안을 희화화하고
싶지도 않아서 그 배역을 거절했다. 그래서 둘 사이에 말다
툼이 오갔고, 밈은 피클슨에게 더는 맥주를 주지 않았다. 이
모든 것은 우리가 대화를 나누는 동안 아래층 계산대에서 밈
이 피클슨 같은 거구도 사시나무 떨듯 벌벌 떨게 할 정도로
사납게 으르렁거리는 소리로 확인되었다.

　피클슨이 다시 대화를 이어갔다. "닥터 메리골드 씨," 말
투는 어눌했지만, 그가 한 말을 최대한 정확히 전해본다. "당
신 수레 근처를 맴도는 그 이상한 젊은 남자는 누굽니까?"
"이상한 젊은 남자라니?" 내가 되물었다. 피클슨이 여자를
남자로 잘못 보았거나 단어를 잘못 말했다고 생각했다. "닥
터," 그가 말을 이어갔다. 그의 말을 듣고 있노라면 아무리
남자다운 사람도 눈물을 흘릴 수밖에 없는 연민이 생겨난다.
"내가 못난 사람이지만, 무슨 말을 하는지 알지 못할 만큼 못
나지는 않았습니다. 다시 말하겠습니다. 닥터. 수레에 매달
린 이상한 젊은 남자 말입니다." 피클슨은 한밤중이나 동이
틀 무렵 다른 사람 눈에 잘 띄지 않을 시간에만 길을 걸었고,
그때 내가 이틀 밤을 지낸 랭커스터에서 두 차례 그 낯선 남
자가 내 수레 근처를 맴도는 모습을 보았다고 했다.

그의 말을 듣고 나는 혼란스러웠다. 그 젊은 남자를 직접 마주하기 전까지는 지금 이 글을 읽는 당신만큼이나 그 말이 무슨 의미인지 도무지 알지 못했다. 하지만 피클슨에게만은 심각해지고 싶지 않았다. 그리고 그에게 밈을 떠나 홀로 일어서고 믿음을 끝까지 지키는 데 유산을 현명하게 쓰라고 말하며 헤어졌다. 아침이 되어 나는 피클슨이 말한 그 젊은 남자를 찾아 나섰다. 그리고 정말 그 남자를 만났다. 말끔하게 차려입은 잘생긴 청년이었다. 그는 마치 내 수레를 돌보듯 그 주위를 서성이다가 날이 밝자 모습을 감췄다. 뒤를 쫓았지만, 그는 주위를 둘러보지도, 나를 알아차리지도 못했다.

한두 시간 후 우리는 랭커스터를 떠나 칼라일로 향했다. 다음 날 아침 동틀 무렵, 그 젊은 남자를 다시 찾아 나섰지만, 그를 보지 못했다. 그다음 날 아침 다시 그를 찾아보았고, 이번에는 그를 볼 수 있었다. 내가 다시 뒤를 쫓으며 그를 불렀지만, 그는 전혀 알아차리거나 듣지 못했다. 그 모습을 보고 불현듯 어떤 생각이 떠올라 그 생각을 실행하기로 했다. 그의 특이한 행동을 이해하기 위해 다양한 시간대에 다양한 방법으로 그를 지켜보았다. 그리고 나는 그 젊은 남자가 청각장애인이자 언어장애인이라는 사실을 알게 되었다.

곧이어 더 놀라운 사실을 알게 되었다. 소피가 지냈던 시설 안에는 젊은 청년들도 살았다. (그곳에서 살던 일부 청년은 부유하다고 했다). 이런 생각이 들었다. '만약 소피가 그에게 호감이 있다면, 나는 어디에서 어떻게 살아야 할까? 내가 지금까지 계획한 미래는 어떻게 될까?' 이기적인 마음에 소피가 그를 좋아하지 않기를 바랐다. 나는 직접 알아보기로 마음먹었다. 어쩌다 우연히 전나무 뒤에서 그들이 만나는 모습을 보게 되었다. 그들은 내가 그 자리에 있는지 알지 못했다. 소피, 그 남자, 그리고 나 세 사람 모두에게 감격스러운 자리였다. 그들이 무슨 대화를 나누는지 나는 알 수 있었다. 나는 말할 수 있는 사람들의 대화를 귀로 듣듯이 언어장애인이자 청각장애인인 두 사람의 대화를 눈으로 들었다. 남자는 아버지를 따라 한 상인의 가게에서 점원으로 일하기 위해 중국으로 갈 예정이었다. 그는 소피를 아내로 맞이하고 싶어 했고 결혼한 후에는 함께 중국으로 떠나기를 원했다. 이에 소피는 끈질기게 안 된다고 대답했다. 남자는 자기를 사랑하지 않느냐고 물었다. 소피는 정말 사랑하지만, 친절하고 관대한 아버지(나, 소매 달린 조끼를 입은 잡상인)를 실망하게 할 수 없어서 그와 함께 지낼 것이고 가슴이 찢어지는 한이 있더라도 그렇게 해야 한다고 말했다. 그러면서 소피는 비통하게 울음을 터뜨렸다. 그 모습을 보고 나는 결심했다.

소피가 이 젊은 남자를 마음에 품고 있다는 점이 다소 불편하면서도 하필 유산까지 남긴 피클슨이 원망스러웠다. '그 못난 거인만 아니었으면 젊은 남자를 알지 못해 영혼까지 괴로울 일은 없었을 텐데'라는 생각이 들었다. 정작 소피가 그를 사랑한다는 사실을 알게 되자, 소피가 그 남자를 위해 눈물까지 흘리는 모습을 보게 되자 상황은 달라졌다. 피클슨에 대한 마음을 그 자리에서 고쳐먹고 옳은 일을 실행하기로 마음먹었다.

그 무렵 소피는 남자와 헤어진 상태였다(마음을 다잡는 데 시간이 꽤 걸렸기 때문이다). 그 젊은 남자는 전나무 한 그루에 기대어 두 팔에 얼굴을 묻고 있었다. 나는 그에게 다가가 그의 등에 손을 올렸다. 뒤돌아 나를 본 그가 수화로 말했다.

"화내지 마세요."

"화나지 않았네. 친구라고 생각해도 되니, 날 따라오게."

그에게 도서관 수레 밖에 서 있으라고 하고 나는 혼자 수레 안으로 들어갔다.

"얘야, 울고 있었구나."

"네, 아버지."

"왜 울고 있니?"

"머리가 아파서요."

"가슴이 아픈 게 아니라?"

"머리가 아프다고 했어요, 아버지."

"그렇다면 닥터 메리골드가 두통에 좋은 약을 처방해 주마."

소피는 내가 만든 처방전 책을 집어 들고 억지 미소를 지었다. 하지만 내가 진지한 표정으로 가만히 서 있자, 다시 책을 살포시 내려놓고 내게 집중하며 나를 쳐다보았다.

"처방전은 그곳에 없다."

"그러면 어디 있어요?"

"여기 있지."

나는 소피의 남편을 데리고 들어와 그녀의 손을 그의 손 위에 올려주었다. 그들에게 할 수 있는 말은 이것뿐이었다. "닥터 메리골드의 마지막 처방전이다. 평생 복용하도록 해." 그러고는 수레 밖으로 도망쳤다.

소피의 결혼식 날, 나는 파란색에 화려한 단추가 달린 외투를 처음이자 마지막으로 입고 내 손으로 직접 소피를 그 청년에게 건네주었다. 결혼식에는 우리 셋과 지난 2년간 소피를 돌봐준 남자만 참석했다. 도서관 수레에서 나는 우리 넷을 위한 결혼식 만찬을 준비했다. 비둘기 파이, 절인 돼지고기 다리 하나, 닭 두 마리, 그리고 정원에서 막 따온 신선한 채소를 내놓았다. 내가 내올 수 있는 가장 좋은 술도 있었다. 내가 축사를 했고, 나머지 사람들도 한마디씩 거들었다. 우리는 농담을 주고받으며 즐거운 시간을 보냈다. 도중에 나는 소피에게 앞으로 다른 수레에서 물건을 팔지 않을 때는 도서관 수레에서 거주할 예정이고, 수레 안에 있는 모든 책은 소피를 위해 보관하겠다고 말했다. 원하면 언제든 찾아가도 된다고도 했다. 그렇게 소피는 남편과 중국으로 떠났다. 내가 고용한 소년에게는 다른 일을 찾아주었다. 그리고 내 친딸 소피와 아내가 세상을 떠났을 때처럼 나는 홀로 수레를 끌고 떠났다. 한쪽 어깨에 말채찍을 걸치고 노쇠한 말의 머리를 끌고 걸어갔다.

소피는 내게 여러 통의 편지를 보냈고, 나도 답장을 많이 썼다. 소피가 떠나고 1년 정도 지났을 무렵 떨리는 손으로 쓴 듯한 편지 한 통을 받았다. "아버지, 일주일 전쯤 예쁜 딸을 낳았어요. 이 편지를 쓸 만큼 저는 아주 괜찮아요. 사랑하는 아버지, 제 딸만은 언어장애인도, 청각장애인도 아니기를 바라지만, 지금으로써는 알 수 없어요." 내가 답장에서 그에 대한 우려를 표하며 질문했지만, 소피는 답하지 않았다. 소피가 슬퍼할까 봐 다시는 물어보지 않았다. 오랫동안 우리는 주기적으로 편지를 주고받았다. 하지만 소피의 남편이 근무지를 옮기고 나 역시 물건을 팔러 돌아다니느라 편지는 점차 뜸해졌다. 그러나 우리는 항상 서로를 생각했다. 편지가 오든 안 오든.

소피가 떠난 지 5년 하고도 몇 개월이 흘렀다. 나는 여전히 최고의 잡상인이었고, 이전보다 훨씬 많은 인기를 누렸다. 그해 가을은 특히 장사가 잘되었다. 1864년 12월 23일, 나는 미들섹스의 유스브리지에 도착했다. 물건은 모두 판 상태였다. 그래서 내 늙은 말과 가볍게 런던으로 가서 도서관 수레 안에 불을 피우고 홀로 크리스마스이브와 크리스마스를 보내기로 했다. 그리고 물건을 사들여 모조리 팔아 돈을 벌 생각이었다.

나는 요리를 꽤 잘하는 편이다. 도서관 수레에서 크리스마스이브 저녁 식사로 내가 어떤 요리를 만들었는지 이야기하면, 콩팥 두 개, 굴 열두 개, 버섯 몇 개를 넣고 비프스테이크

푸딩을 만들었다. 먹으면 기분이야 좋아지지만, 양복 조끼 제일 아래 단추 두 개는 풀어야 할지도 모른다. 푸딩을 다 먹은 후 나는 조명을 어둡게 켜두고 불 가에 앉아 불빛이 소피의 책에 닿는 모습을 바라보았다.

그 책을 보고 있자니 소피의 모습이 떠올랐다. 소피의 얼굴이 희미하게 보일 정도였다. 그러다가 나는 불가에서 잠이 들었다. 그래서인지 소피가 언어장애인이자 청각장애인인 아이를 품에 안고 내 곁에서 잠든 나를 지켜보는 듯했다. 나는 길 위를 달렸고, 달리다가 쉬었다. 모든 곳을 다녔다. 북쪽, 남쪽, 서쪽, 동쪽으로. 바람이 부는 곳, 바람이 불지 않는 곳, 여기저기, 언덕을 넘어, 저 끝까지 다녔다. 그 모든 여정에 소피는 아무 말 없이 내 곁에 서 있었다. 아무 말 없는 아이를 품에 안고. 내가 화들짝 놀라 잠에서 깨면 조금 전 바로 그 자리에 서 있던 것처럼 소피가 사라지는 듯했다.

나는 실제로 나는 소리에 잠에서 깼다. 그 소리는 수레 계단에서 났다. 아이가 빠르게 계단을 오르는 듯한 소리였다. 한때는 내게 너무도 익숙한 소리였다. 순간 작은 아이의 유령이 나타날 것만 같았다.

하지만 문 바깥쪽 손잡이 위에 유령이 아닌 진짜 어린아이의 손길이 닿았다. 아이는 손잡이를 돌렸고, 문이 약간 열렸다. 진짜 아이가 열린 문 사이로 빼꼼 들여다보았다. 크고 까만 눈을 가진 해맑고 귀여운 소녀였다.

나를 정면으로 바라보던 그 작은 생명체가 밀짚모자를 벗어 던졌다. 모자 안에 있던 풍성한 곱슬머리가 아이의 얼굴로 떨어졌다. 그러자 아이가 입술을 벌려 어여쁜 목소리로 말했다.

"할아버지!"

"이럴 수가! 말할 수 있구나!" 내가 외쳤다.

"물론이죠, 할아버지. 혹시 저를 보고 생각나는 사람 없어요?"

순식간에 소피가 나타나 아이와 함께 나를 와락 껴안았다. 소피의 남편은 얼굴을 묻고 내 손을 꼭 쥐었다. 진정하기까지는 시간이 필요했다. 정신을 차리고 보니 어여쁜 아이가 기쁜 얼굴로 빠른 손짓을 하며 열심히 열정적으로 내가 소피에게 가르쳐준 수화로 그녀와 대화를 나누고 있었다. 얼굴 위로 기쁨과 연민이 섞인 눈물이 흘렀다.